文春文庫

その霊、幻覚です。

視える臨床心理士・泉宮一華の嘘

竹村優希

文藝春秋

目次

登場人物紹介

泉《いず》宮《みや》一《いち》華《か》

宮益坂メンタルクリニックの
臨床心理士。
由緒ある寺の長女として生まれ、
高い霊能力を持つが
周囲には秘密にしている。

タマ

翠が一華に貸した式神。
見た目は
キジトラ柄の猫だが、
その正体は……？

四《よ》ッ《つ》谷《や》翠《すい》

四ッ谷に事務所を構えている、
心霊案件専門の探偵。
人懐っこい印象を与える好青年。

イラスト・烏羽雨

その霊、幻覚です。

視える臨床心理士・泉宮一華の嘘

「――乗ってるんです。夜中に目を覚ますと……体の上に、血まみれの女性が」

東京渋谷《しぶや》、宮益坂《みやますざか》。

雑居ビルの二階にある「宮益坂メンタルクリニック」内のカウンセリングルームにて、若い女性が躊躇《ため》らいがちにそう話した。

女性と向かい合っているのは、泉宮一華《いずみやいちか》。二十六歳、臨床心理士。

「血まみれの女性がお腹の上に、ですか。いつ頃からでしょうか？」

「かれこれ、一ヶ月くらい経ちます……」

「なるほど、一ヶ月。それは苦しいですね」

一華は頷きながら、語られた内容をカルテに打ち込む。

タイピング音が止まると、女性はふたたび口を開いた。

「ただ、実は、……心当たりがあって」

「心当たり、とは？」

「はい。……というのは、一ヶ月前に友人数人とダムに行ったんですけど、そのとき同行した一人が、水場には幽霊が集まってくるって話していたんです。……だから、もしかして私、ダムから幽霊を連れ帰っちゃったんじゃないかって」

「水場には、幽霊が集まってくる、ですか」

「聞いたときは、あまり気に留めていなかったんですが……」

「なるほど。生き物も水のある場所に集まりますしね。確か、ビオトープ……、とか言ったような」

「……あの」

「はい」

「やっぱり、嘘だと思ってますよね」

女性は気まずそうに、それでいて不満げに、一華を見つめる。

ただ、それはこの手の相談をしてくる患者のほとんどが見せる表情であり、一華にとっては見慣れたものだった。——ちなみに。

「嘘だなんて思っていませんよ」

「本当ですか……？　っていうか、私自身、おかしいこと言ってるって自覚してるんです。そもそも、もし本当に憑《つ》かれてるなら、病院じゃなくてお寺でお祓《はら》いをしてもらうべきなんじゃないかとも思いますし。でも、お祓いってなんだかハードルが高いというか……。だから、相談したら幽霊が視《み》えなくなるっていう先生の噂をネットで見つけて、勇気を出して静岡からここまで……」

この、誰にも言えないまま溜めに溜め続けたのであろう思いの吐露までが、一セットとなる。

一華はタイピングの手を止め、女性をまっすぐに見つめた。

「大丈夫ですよ。あなたが見たものは、幽霊なんかではありません。それに、すぐに見えなくなります」

もし、患者が藁をも摑《つか》みたいくらいに切羽詰まった状態だったなら、この言葉でひとまず落ち着いてくれるが、ほとんどの場合はそう簡単にはいかない。

「幽霊じゃないなら、つまり幻覚ってことですか……？」

なぜなら、そのいかにも怪訝そうな口調が表す通り、人というのは視えるはずのないものが視えてしまったとき、それが霊であろうと幻覚であろうと、いずれにしろ簡単に受け入れられるものではないからだ。

現に、女性は幻覚と口にした瞬間から明らかに動揺し、一華の返事を待たずにさらに言葉を続けた。

「だけど、もしあれが幻覚だとするなら、私の精神状態はかなり異常ってことになりますよね……？　だって、毎晩血まみれの女性が体の上に乗ってる幻覚を見るなんて、明らかに健全じゃないもの……。メンタルクリニックに来ておいてこんなこと言うのもなんですけど、それはそれでショックっていうか……」

女性は言いにくそうに語尾を濁《にご》し、深く俯《うつむ》く。

一方、一華は密かに手応えを覚えていた。

なぜなら、その発言は、幽霊を視たと信じ込んでいた女性の思考に、幻覚である可能性が新たに加えられた証拠とも言える。

ここまでくればあとは導くだけだと、一華はゆっくりと首を横に振った。

「ショックを受ける必要はありませんよ。ちなみに、人間は脳のごく一部の機能しか使えていないっていう話、聞いたことあります？」

「まあ、よく言われてる話ですしね……。でも、それが？」

「実は、人間の脳の機能については、まだそのほとんどが解明されておらず、未知の部分が多くあります。ですから、あなたが見た幻覚も精神の異常ではなく、脳が持つひとつの機能だと捉えていただければと思いまして」

「機能……？」

「ええ。まず前提として、これはすでに解明されている内容ですが、脳は目にしたものを本人の意識外の部分で大量に記憶しており、それを、眠っている間に整理しています。ですから、幻覚はその過程において出来上がった、曖昧な記憶の掛け合わせだと私は解釈しています」

「でも、自分の記憶が元になっているなら、まったく見たことがないものが現れるのはやっぱりおかしいでしょう?」

「ええ。ですが実際は、まったく見たことがないと感じているだけです。脳に保存された記憶のほとんどは、さっきも言ったように本人の意識外のものですし、その組み合わせによって記憶にない新たなものが出来上がってしまうことも、往々にしてあります。それが、不安や恐怖心などをトリガーにして、さも現実であるかのように目の前に現れるのが、いわゆる幻覚です。もちろん、すべての幻覚がそうだとは言いませんが。そして、幻覚というものは、寝起きなどの意識が曖昧なときに、もっとも起こりやすくなります」

「……確かに、女性が現れるのはいつも夜ですけど」

「あなたの場合は、〝水場には幽霊が集まる〟というふいに得た知識が、幻覚をさらに明確なものにしてしまったのではないかと」

「そう、でしょうか……。そう言われると、そんな気がしなくもないけど……」

さも半信半疑といった呟きを零《こぼ》しながらも、女性の目には、さっきまでなかった小さな希望が滲んでいた。

しかし、女性はすぐにそれを収め、一華に縋《すが》るような視線を向ける。

「ただ、理屈を理解したからって解決にはならないでしょ？　幻覚を見ないようにするには、どうすれば……」

その想定通りの質問を受けて、一華は成功を確信していた。そして。

「理屈を理解し、幽霊を視たという思い込みを否定した時点で、あなたの脳はもう新たな解釈を始めています。ですから、もう幻覚を見ることはないと思いますよ」

はっきりとそう言い切ると同時に、女性は大きく目を見開いた。

「もう幻覚を見ることはない……？　そ、そんなハッキリ言っちゃっていいんですか……？」

「ええ、大丈夫です」

「これまで、ほとんど毎晩見てたんですよ……？」

「ですが、もう見ません。少なくとも、同じ幻覚は」

「どうしてそこまで言い切れるの……？　根拠は、さっきの話だけですよね？」

「プロですので、わかります。もっと深いところまで根拠を語ろうとすれば、さっきの何倍も長い話になりますが、聞いて行かれますか？」

「い、いいえ、理解できそうにないからいいです……。だけど、そこまで言っておいて、もしまた見えてしまった場合は？　っていうか、本当に幽霊だったら……？」

「あり得ません。幽霊なんて存在しませんから」

「…………」

「大丈夫。どうぞ、ご安心ください」

「……わかりました。一旦、様子を見てみます」

女性はどこか納得いかないといった表情で、けれど瞳にはわずかな希望を宿したまま、ぺこりと頭を下げカウンセリングルームを後にする。

そして、戸が閉まった、瞬間。――突如、部屋全体がガタンと大きく揺れた。

同時に、周囲の空気がずっしりと重く澱《よど》み、室温はみるみる下がって一華の吐く息が白く広がる。

一華はひとまず溜め息をつき、――それから、戸にべったりとしがみついた、血まみれの女に視線を向けた。

「……悪いけど、あなたはここから出られないのよ。この部屋には結界を張っているから」

語りかけると、女は怒りをあらわに戸に爪を立て、ガクガクとぎこちない動作でゆっくりと振り返る。

乱れて顔に貼りついた髪の隙間から、どろりと濁った目が一華を捉えた。

空気はさらに張り詰め、室温も一段と下がり、一華は椅子の背もたれにかけている季節はずれのフリースジャケットを羽織ると、ポケットから取り出した数珠《じゅず》を手首に通す。

そして、棚から試験管を一本手に取り、女に向かってゆっくりと足を進め、至近距離になったところで膝をついた。

「ダムで、自殺でもした？」

問いかけたものの、女から反応はない。

しかし、一華はそれに構うことなく、数珠を嵌《は》めた手で女の肩にそっと触れた――そのとき。

女の姿は突如、霧のように拡散し、周囲に大きく広がる。

それらは羽虫の大群のように部屋をぐるぐると旋回した後、次第にひとつにまとまり、一華が手にした試験管の中へ勢いよく吸い込まれていった。

すべてが試験管に収まりきると、一華は試験管にゴム栓をし、本棚から抜き取ったお札をその上からぐるりと巻き付ける。

気付けば部屋の空気はすっかり元通りで、一華は椅子に腰を下ろし、背もたれにぐったりと体重を預けて試験管を見つめた。

「夜な夜な体の上に乗ってくるだなんて、いくらなんでもやり口が古すぎるって」

文句を呟き、それから鍵付きの引き出しを開けて「泉宮嶺人《れいと》宛」と書かれた茶封筒の中に試験管を放り込んだ。

すでに入っていたいくつかの試験管たちが、カチンと危うげな音を立てる。

「結構溜まってきたし、そろそろ送らないと……」

ひとり言を零すと、たちまち心にモヤッとした感情が広がった。

一華はそれを振り払うように首を横に振り、引き出しを閉めると手早くフリースを脱いで服装を整え、なにごともなかったかのようにカウンセリングルームの戸を開ける。

「次の方、どうぞお入りください」

ここではサロンと呼ばれている、いわゆる待合室のソファに座っていたのは、不安げに背中を丸めて座る女性。

その背後は禍々《まがまが》しい影に覆われ、一華はやれやれと思いながらも笑みを浮かべた。


泉宮一華は、霊という存在に心底うんざりしている。

奈良の「蓮月寺《れんげつじ》」という由緒ある寺に、代々高い霊能力を持つ霊能家系の長女として生まれながらも。

そんな一華が臨床心理士を目指すキッカケとなったのは、中学生の頃に観たテレビ番組で、まさに臨床心理士が「幽霊は幻覚である」と強く説く様子を目にした瞬間のこと。

それはたわいのないバラエティ番組だったけれど、一華はその発想に強い魅力と可能性を感じた。

霊という存在を、あれほどまで迷いなく幻覚であると断言できたなら、どんなに気持ちが晴れるだろうと。

同時に、――叶うなら、もう霊だの呪いだのと、世間一般で曖昧とされるものに振り回されることなく、皆と同じ常識と価値観の中で生きてみたいと、強く願っている自分がいた。

それは、早くも途方に暮れていた人生に光明が差した瞬間でもあった。

しかし。

その頃の一華には、当然ながら、想像できていない。

いずれ、カウンセリングルームに結界を張って霊を捕獲する未来がやってくることも、

それ故にネットで「心霊相談専門の泉宮先生」という、まったく意図しない評価を得ることも。

第一章

「全員視たんですってば。三人ともが、同じものを」

カウンセリングルームでそう語ったのは、十七歳の女子高生、永山陽奈《ながやまひな》。

つい先日、学校帰りに渋谷のスクランブル交差点で怖ろしい目に遭い、それ以来学校にも行かず部屋に引きこもっているとのこと。

ちなみに、陽奈は以前に一度来院しており、その際、精神科医でありこのクリニックの院長を務める高輪真紀《たかなわまき》によって「軽度の統合失調症の所見あり」と診断されている。

その治療の一環として、今日は臨床心理士である一華のもとへカウンセリングを受けに来たという流れだ。

「だから、私が病んでるわけじゃないの。薬もいらないから」

陽奈がこうも不服そうな態度を取る理由は、他でもない。彼女自身は受診をまったく望んでいないからだ。

それでも来院したのは、今もサロンで待っている母親の意向とのこと。

「お母さんも先生も、みんなして私がおかしくなったみたいな言い方して。私は事実を話しただけだし、そんなに疑うなら一緒にいた二人にも聞いてみればいいのに。まぁどうせ信じないんだろうけどさ」

陽奈は延々と愚痴りながら、一華が出した紅茶をひと口飲んで眉間に皺を寄せ、カップに角砂糖を三個放り込んだ。

「陽奈さんは、甘いものがお好きなんですね」

「だったらなんですか。まさか、それもトウゴウシッチョーショーの症状だとか言う気？」

「いえ、チョコレートもあるので、どうかなと」

「え、嘘、食べたい」

その様子を見ながら、確かに統合失調症ではなさそうだと一華は思う。つまりこの案件は、院長の高輪からの丸投げだと。

なにせ、高輪はネットで流れている「心霊相談専門の泉宮先生」という一華の評価をもっとも都合よく解釈しており、この類《たぐい》の患者を即座に一華に回してくる。

とはいえ、たとえ治療法が特殊であろうと、一華が担当した患者の寛解件数が多いのは紛れもない事実だ。しかし雇ってもらっている手前抗うわけにはいかない。

こんなはずではなかったと、一華は心に込み上げた不満を無理やり振り払い、陽奈にチョコレートを差し出す。

「ところで、三人が同時に視たというのは、どういうものですか？」

「もう言いたくない。言えば言う程、どんどん重病にされそうだもの」

「いえ、これは診断ではなく、雑談として聞きたいなと」

「雑談って言うんだったら、カルテに書かないで。もちろん誰にも話さないで、聞いた後はすぐに忘れて」

「ええ、ではそうします」

「…………」

あっさり頷くと、陽奈は少し戸惑うように目を泳がせる。

その瞳の奥からは、ひとりでは抱えきれない大きな不安や恐怖を無理やり抑え込んでいるかのような必死さが伝わってきた。

気丈に振る舞っているけれど、よほど怖い思いをしたのだろうと一華は思う。

そんな姿にはなんだか共感を覚え、一刻も早く理不尽な恐怖から解放してあげたいという使命感が膨れ上がった。

「あの日は中間テストの最終日だったから、学校帰りに渋谷で遊ぼうってことになって。それで、友達の明日香《あすか》と梨紗《りさ》の三人でスクランブル交差点を渡ったんだけど――」

陽奈が語りはじめたのは、十日ほど前の出来事。

その日、陽奈を含めた三人は新しくオープンしたカフェに向かうため、ハチ公側からセンター街方面に向かいスクランブル交差点を渡ったのだという。

近くの高校に通う陽奈たちにとって渋谷は来慣れた場所であり、歩きながらも会話に夢中になっていた三人だったが、ちょうど中間地点に差し掛かった頃、明日香が唐突に一方向を指差し、「あのおじさん、超迷惑じゃない？」と言い出したとのこと。

ただ、指差す方向に視線を向けてみたものの、人のごった返すスクランブル交差点で人を特定するのはそう簡単ではなく、二人ともしばらく視線を泳がせていたらしい。

すると、そんな陽奈に明日香はさらに、「あそこで、なんだかフラフラしてるおじさんがいるじゃん」と補足をする。

それを聞いた陽奈は、確かにこんなところでフラフラされては迷惑だと思いつつも、依然としてそれらしき人物が見つけられず、曖昧に首をかしげた。

しかし、今度は梨紗が突如顔色を変え、「その人、なんだかこっちに近寄ってきてない？」と言い出したのだそうだ。

そして梨紗は明日香を「指差したりするからだよ！」と責め、焦った様子で二人の手を背後へと引いた。

陽奈は二人の会話についていけずに困惑しながらも、とにかく逃げた方がよさそうだと、手を引かれるまま駆け出した——の、だが。

違和感を覚えて背後を振り返った途端、陽奈の視界に飛び込んできたのは、明らかに異様な雰囲気を放つ中年の男。

その男について、陽奈は〝まるで合成写真のように風景から浮いて見えた〟と表現した。

なにより異様だったのは、その表情。男の目は、血が通っているとは思えない程に空虚であり、口は力なくポカンと開け放たれ、さらに、体はまるで壊れた人形のように不自然に傾いていたのだという。

陽奈は必死に足を進めながらも、あまりの衝撃に、目を離すことができなくなってしまったらしい。

男と目が合ったのは、その直後のこと。

瞬間的に、全身を突き抜けるような強い悪寒を覚えたけれど、その一方で、――あの人は、本当に人間だろうか、と。そんなおかしなことを、妙に冷静に考えていたと陽奈は語った。

しかし、その冷静さも、男がガクガクとぎこちない動作で陽奈の方へ向かいはじめると同時にすっかり消し飛んでしまう。

それも無理はなく、男は恐怖と混乱で声を上げることもできない陽奈との距離を一気に詰めたかと思うと、強引に陽奈の腕を摑んだ。

振り払おうにも男の力は異様に強く、むしろ暴れたことで梨紗の手が離れてしまい、陽奈は交差点の途中に取り残されてしまう。

やがて歩行者用の信号が赤に変わり、周囲のざわつきに紛れて届いた明日香と梨紗の叫び声は、けたたましいクラクションにかき消された。

「――完全にパニック状態だったから、それ以降のことは正直あまり覚えてなくて。警察官が助けてくれたみたいだけど、その記憶も曖昧なんだよね。でも、後からその警察官に聞いたら、男なんていなかったって言うの。しかもその人だけじゃなくて、目の前にある渋谷駅前交番にいた警察官全員が、男なんて見てないんだって。だから、三人の中で、あれは幽霊だったんじゃないかって話になって。……だって、そうとしか考えられないでしょ？　あのおじさん、最初から様子が変だったし、それに、私の腕を掴んだ手、びっくりするくらい冷たかったし……」

陽奈は弱々しく語尾を濁したまま、話を締め括った。

「確かに、不思議な体験ですね」

「あれ以来、外に出るのが怖くなっちゃって。……ねえ、先生もさすがに霊だと思うでしょ？　何度も言うけどさ、三人とも視たんだよ？　それともうちの親みたいに、テストが全然できなかった口実に変なこと言い出したって思う？」

「そんなことを言われたんですか？」

「最初はね。けど、今思えば病んでるって思われるよりマシだったかもね。まさか精神科を受診させられるなんて」

「──ちなみに」

「うん？」

「錯覚や幻覚の可能性は考えましたか？」

ある意味予想通りというべきか、一華がそう口にした途端、陽奈はさも不快そうに眉間に皺を寄せた。

「なにそれ。親身になってくれてるんだと思ってたのに、結局、私の話が嘘だって言いたいんじゃん。……ってか、ちゃんと聞いてた？　三人同時に視たんだってば、他の人には視えなかった男を」

「ええ。わかってます。ただ、複数人が同時に同じ幻覚を見ることもあるので、一応確認をと」

「なにそれ。あり得なくない？」

「それが、あり得るんです」

「嘘ばっかり」

「信じてほしいと言いながら、私の話は聞きもせずに嘘だと言うんですか？」

「……その言い方は、ずるい」

「そうですね。でも、本当なんです。説明しますから、騙されたと思って聞くだけ聞いてみませんか？」

「………」

黙って瞳を揺らす陽奈の様子からは、いっそ幻覚であってほしいと、幽霊なんかでなければいいのにという本音が伝わってくるような気がした。

十七歳の女の子は反応がわかりやすくて良いと、一華は密かにほっと息をつきながら、陽奈のカップに二杯目の紅茶を注ぐ。

そして、ゆっくりと口を開いた。

「数人が同じ幻覚を見るということは、視覚から得る情報が多い場所で、――たとえば大勢がひしめき合うスクランブル交差点なんかでは、比較的起こりやすい現象です。というのは、誰か一人が奇妙なものを見たと言い出したのを機に、周囲の人間は、大量の視覚情報の中から、それに該当するものを無意識に捜してしまうからです」

「……実際は違う人を見てたかもってこと？」

「ええ。特徴が一致して感じられるのは、単純に、情報が少ないせいです。現に、明日香さんが最初に口にした男の特徴は、『おじさん』と『フラフラしている』の二つ。その後、明日香さんの指差す方向から梨紗さんは一人に焦点を定めるのですが、『フラフラしている』という些も不穏な情報に加え、安易に人を指差すという明日香さんの行為に不安を覚え、その男が自分たちに近寄ってきているような錯覚を抱いたのです。ちなみにですが、人を避けながら渡らねばならない大きな交差点では、フラついてしまったり挙動がおかしく見えたり、対面からの歩行者が自分に迫ってくるように見えることもごく当たり前にあるでしょう。……が、人とは一度恐怖を覚えてしまったが最後、なかなか冷静にはなれないものです。普段は見過ごすような些細なことを、異常に感じてしまいます」

「……じゃあ、私が見たのは？」

「まず前提として、陽奈さんが見た男は、目が合った途端に自分に迫って来たと言いましたよね。一方、それより前に男を見ていた梨紗さんは、男はすでにこっちに近寄ってきていると話していました。その時点で、二人が見ていたのは別人であると考えられます」

「でも私、その男から腕を掴まれたんだけど」

「ですが陽奈さんは、警察官が助けてくれたときの記憶が曖昧だと」

「……まさか、腕を掴んだのは警察官だったたって言う気？」

「恐怖とは、なにより冷静さを奪います。そして、恐怖によって曖昧に途切れた記憶は、自分の中に潜在している、同じく怖ろしい記憶で補完されます」

「……よくわかんないけど、先生的には霊じゃないって言いたいんだよね」

「言い切っているわけではなく、可能性の話をしています。私は、そういう仕事ですから。でも、絶対に幽霊だと決めつけて怖ろしい思いをするよりは、そう考える方が気が楽になりませんか？」

「霊が見えるより、病んでた方がいいってこと？」

「必ずしも、幻覚を見るイコール病んでいる、ではありません。そして、私がお話しした限り、陽奈さんからはとくに精神的な問題を感じませんでした。たまたま見てしまった怖ろしい幻覚によって、気持ちが少し不安定になっているだけかと」

「…………」

「あまり考え過ぎなければ、幻覚のこともいずれ忘れます」

そう言うと、陽奈もまた他の患者たちの例に漏れず、どこか納得いかないような、それでいてわずかな救いを得たような表情を浮かべていた。

自分の言葉を否定されることも、かといって病気だと診断されることもなかった安心感が、気持ちを軽くしたのだろう。

あとは、陽奈が視たという〝おじさん〟とやらをいつもの手順で捕獲すれば、すべて解決となる。

「もしまた不安になったら、いつでもいらしてください。もちろん、苦情や反論も受け付けますし、チョコレートを食べにくるだけでもいいので」

「……わかった。じゃあ、一旦先生が言ったことを信じてみる。……あくまで、一旦」

「ええ。一旦、それでお願いします」

そう言うと、陽奈はチョコレートをひとつ口に放り込んで立ち上がり、まるで友達にするような気軽な仕草で一華に手を振った。

一華は笑みを返し、カウンセリングルームを後にする陽奈を見送りながら、ポケットの中の数珠をこっそりと握る。――しかし。

「あれ……？」

戸が閉まってからしばらく待ったところで一向に霊の気配は現れず、それどころか、いわゆる〝霊障〟と呼ばれる、揺れや気温の変化といった、霊がいる場所で必ず起こる異常な反応が、まったく起こらなかった。

「え、なに、嘘でしょ」

思わずそう呟いたのも無理はなく、陽奈に憑いたおじさんの霊をいつも通り捕獲して一件落着となるはずだったのに、気配がないとなればそうはいかない。

つまり、霊は陽奈に憑いていたわけではなく、スクランブル交差点自体に執着して留まっている、〝地縛霊〟だと考えられる。

「そっちか……。めんどくさ……」

一華は頭を抱え、崩れるように椅子に座ってぐったりと脱力した。

なぜなら、いくら陽奈に憑いていなかったといっても、もはやその霊を放置するわけにはいかないからだ。

というのは、渋谷の高校に通う陽奈がふたたび同じ霊に遭遇する可能性も十分にあり、もしそんなことになれば、今後は〝たまたま見てしまった幻覚〟で押し通すのが難しくなってしまう。

「だいぶ強引に説き伏せちゃったし、放置したら面倒なことになりそうだしなぁ……。にしても、あんなに人が多い場所で霊を捕まえるなんてキツいって……。不審者扱いされてもおかしくないし……」

一華はブツブツと愚痴りながら、天井を仰ぐ。

すると、そのとき。

ふいに、パソコンが軽快な通知音を鳴らした。

見れば、ディスプレイに表示されていたのは、【新規の患者さんがサロンに入られました】という受付からの連絡。

これは、一華のカウンセリングが特殊であるという事情から、看護師がカウンセリングルームへ入室することを避けたいがために、「人員効率をアップし無駄を省くべき」と、もっともらしいことを言って強引に導入してもらった院内のシステムだ。

一華にとっては都合のよい機能だが、一方でとても機械的であり、たとえば少し待ってほしいなどという、こちら側のちょっとした要望がかなり通し辛くなってしまった。

一華はひとまず頭《かぶり》を振って無理やり気を取り直し、自分自身を素早くカウンセラー仕様に戻しながら、通知と一緒に届いた問診票のデータを開いた。

通院患者ならば通知からカルテに遷移するが、問診票が添付されている場合は初診を意味する。

ただ、開いたところで質問やチェック項目への回答はひとつもなく、むしろ名前すら記されておらず、唯一、備考欄に達筆な文字で「ご相談」というたったひと言が書かれていた。

ちなみに、問診票がほぼ未記入であるという件に関しては、取り立てて異常なことではない。

というのは、一華のもとには飛び込みで相談にやってくる患者が一定数おり、中には匿名で相談したいという申し出もある。

とはいえ、戸惑いひとつ感じさせない美しい筆跡はどこか異様であり、なんとなく、ややこしいことが起こりそうな予感が拭えなかった。

一華は込み上げる緊張を無理やり抑えながら、出入口を開けて、サロンに視線を向ける。

すると、そこで待っていたのは、二十歳そこそこと思しき若い青年。

「どうぞ、お入りください」

声をかけると、青年は立ち上がり、一華に向かってニッコリと笑った。

大きな目を細めて笑う様子と、口からチラリと覗く八重歯が可愛らしく、いかにも人懐っこそうな青年だと一華は思う。

ただし、カウンセリングにやってきた初診の患者が、こうもリラックスした様子を見せることは滅多になく、逆に違和感もあった。

一華はひとまず青年を応接用のソファへと促し、簡易キッチンの棚からマグカップを手に取る。

「さっきちょうど紅茶を切らしてしまい、コーヒーしかないのですが、お嫌いではないですか？」

半ば観察する目的でそう問いかけると、青年はふたたび笑みを浮かべ、小さく頷いてみせた。

「はい。ありがとうございます」

見た目の可愛らしさとは裏腹な落ち着いたその口調に、一華は少し戸惑う。

よく見れば、ソファに座る青年の姿勢はやけに美しく、パーカーにジーンズというカジュアルな身なりでも隠しきれない上品さが感じられた。

良家のお坊ちゃんだろうかと、しかしそんなお坊ちゃんが街のカウンセラーになんの相談だろうと、さらに疑問が増える。

しかしそれを解消するにはもはや話を聞く他なく、一華はコーヒーメーカーをセットすると、青年の正面に腰掛けた。――そのとき。

「先生。僕の相談、聞いていただけますか」

青年はまっすぐに一華を見つめ、なんの前置きもなく本題に入った。

「え、ええ、もちろんです」

どうやら見た目よりも切羽詰まっているらしいと、一華は慌てて姿勢を正す。

しかし。

「視えなくなって、困ってるんです」

「ええと……、視力の話でしょうか？」

「視力は視力ですけど、視えなくなったのは霊です」

「……は？」

青年が口にしたのは、あくまで世間一般では奇想天外と呼ばれる類の話だった。

「霊が、視えなくなったんです」

「視てしまった、ではなく、視えなくなった、ということですか？」

「はい。あ、だけど気配はわかります。むしろ、視えなくなったぶんそっちは研ぎ澄まされました」

「……………」

ああ、なるほど、冷やかしか、と。

即座に頭に浮かんだのは、さしずめ、ＳＮＳや配信サイト用のネタ集めだろうという推測。

現に、ネットの動画サイトには、患者としてメンタルクリニックを訪れ、カウンセリング中の会話を公開するといった迷惑な動画がいくつか上がっている。

幸い、一華にはこれまでにそんなことをされた経験はなかったけれど、院長いわく「メンタルクリニックは素性を隠しての相談も一応可能なので、都合がいいんでしょうね」とのこと。

確かにこの患者の問診票も未記入だったと、一華は思う。

とはいえ、現段階ではまだそうだと決めつけるわけにも、もちろん邪険にするわけにもいかなかった。

やはりさっき覚えた違和感は間違っていなかったと、一華はうんざりした気持ちを必死に隠し、いつも通りの笑みを浮かべる。

「視えないなら、その方がいいじゃないですか」

すると、青年は首を横に振った。

「いえ、困ります。仕事にならないっていうか」

「仕事？……霊が視えないことが、仕事に影響するということですか？」

「はい。顕著に」

「そうですか。でしたら、困りましたね」

結局一華が選択した対応方法は、ひとまずこの青年の調子に合わせ、当たり障りのない回答で様子を見るというもの。しかし。

「はい。実は、こんなことになってしまった明確な原因があるんです。っていうのは、目を奪われてしまって。ほんのちょっと油断した隙に」

「……目を？　私には、奪われたように見えませんが」

「目っていうか、視力をダイレクトに」

「視力を、……ダイレクトに」

聞けば聞く程、ふざけているとしか思えない内容だった。

そもそも、霊が視える視えないが影響する仕事など、それこそ一華の実家の稼業以外に思いつかない。

百歩譲ってこの青年がそうだったとしても、仮にも霊能力者が、視えないからといってカウンセラーに相談を持ちかけるなんて前代未聞だ。

やはり、これ以上付き合うのは不毛だと考えた一華は、早めに終わらせてしまおうと、青年をまっすぐに見つめる。

「あなたがどのようなお仕事かは存じませんが、霊だと感じているものは、ほぼ幻覚として説明がつくんですよ」

いつもは決してしない押し付けるような言い方が、我慢が限界に近いことを表していた。

自分はまだまだ未熟だと、一華は思う。

ただ、霊という存在にうんざりし、幻覚だと説き伏せることで喜びと安心を得ている一華にとって、この手の揶揄《やゆ》めいた相談はまさに地雷だった。

「そして、私が臨床心理士としてあなたを導くとするなら、〝幻覚ならば見えない方が良い〟という結論になると考えています」

「視えない方がいい、ですか」

「ええ。世の中には様々な仕事が存在しますし、それらを否定するつもりも、お困りであるという事実を疑うつもりもありません。ただし、私とあなたでは、解決への方向性が一致しないのではないかと」

「うーん……」

はっきり言い切った一華に、青年はがっくりと項垂れた。少し言葉が強すぎただろうかと、ふと不安を覚える。――しかし。

「じゃあ、先生は視たことがないの？」

ふいに飛んできた問いに、思わず目が泳いだ。

目が合っていなくてよかったと内心焦りながら、一華は慌てて気を取り直し、はっきりと頷く。

「ええ。ありません」

「一度も？」

「霊とは、脳が膨大な記憶から作り出したものですから」

「脳が、作り出したもの」

「はい」

青年はさらに俯き、ついにはテーブルに両肘をついて頭を抱える。

そして、そのまままったく動かなくなってしまった。

からかいに来たにしては悲壮感が漂いすぎているような気がして、脳裏に一抹の不安が過る。

「あの……、どうしました？」

尋ねたものの、反応はなかった。

しかし。

「もしかして、具合が悪いですか？　すぐに医師を――」

一華が慌てて立ち上がった、そのとき。

青年が突如、一華の手首を摑んだ。

「なん……」

「――ねえ」

「え？」

「ちょっと、背中のあたりが、変なんだけど」

「は……？」

「見て」

その声色にさっきまでの穏やかさはなく、一華の心臓がドクドクと激しい鼓動を鳴らす。

「手首、そんなに強く摑んだら痛いです……」

「背中見て、お願いだから」

会話は嚙み合わず、青年は繰り返しそう要求した。

もはやこれは冷やかしなんてレベルではなく、もっとずっと深刻な事態だと、一華は察する。

とはいえ、手首を摑まれた状態では逃げることも、デスクに設置された受付への緊急連絡ボタンに触れることすらできなかった。――結果。

「背中、……ですね」

「そう。背中から、肩にかけて」

一華はひとまず要求に応えるフリをして青年が隙を見せるのを待とうと、テーブルを回り込んで距離を詰める。

しかし、そのとき。

青年の体が突如ドクンと大きく揺れたかと思うと、その背中からいきなり、異様な気配を放つ黒い影が飛び出してきた。

「っ……」

これは危険な類の霊だ、と。

反射的に判断したものの、まさかの出来事に声ひとつ出せず、一華は硬直した。

一方、影はみるみる人の顔を象り、青年の肩から首だけを生やしたような状態に落ち着いた後、血走った眼球をギョロギョロと激しく動かし、最終的に一華の目をまっすぐに捉えた。

そして。

『めアった』

静かな部屋に響いたのは、なんの感情も伝わらない淡々とした呟き。

それと同時に青年は姿勢を起こし、理解が追いつかずにいまだ呆然とする一華を見つめ、ニッコリと笑った。

「なにが幻覚だよ。やっぱ視えてんじゃん」

「な……」

「嘘つき」

「………………」

混乱がまったく収まらない中、嫌でも理解せざるを得なかったのは、目の前の不気味な霊は、青年と協力関係にあるらしいということ。

ただし、そんな高度なことができる人間など、一華が知る限りそうはいない。

「……あなた、何者」

なかば無意識に口を衝いて出たその問いが、一華の混乱を明確に表していた。しかし。

「何者かって聞かれると難しいんだけど、まぁ本業は探偵かな。心霊案件専門の調査をする、探偵」

返されたのは、冗談のような答えだった。

ついでに言えば、青年の口調も佇まいも、この部屋にやってきた十数分前とはまるで別人であり、その豹変ぶりが一華の不安をさらに煽る。

「心霊案件専門の探偵?……ふざけてるの？」

「その言葉、まんま返すよ。かの有名な蓮月寺のお嬢さまがカウンセラーをやっていて、おまけに霊を幻覚だと言い張ってるって話の方がよっぽどふざけてるって」

その瞬間、一華の心臓がドクンと大きく鼓動を鳴らした。

「なんで、私の家のことまで……」

他人の口から「蓮月寺」という言葉を聞いた途端、家を離れて以来、想定外なことはありつつも概ね満足していた平和な日々に、たちまち不穏な影が落ちていくような感覚を覚える。

一方、青年はさも当たり前だと言わんばかりの表情で、こてんと首をかしげた。

「探偵だって言ったでしょ。そんなの、調べりゃすぐわかるよ」

「……そうじゃない。どうして、私を調べたの」

「どうして、って」

一華は固唾を呑んで答えを待つ。

しかし、そんな極限まで張り詰めた心境を他所に、青年は突如ポケットから人型の紙を取り出し、肩に乗っていた霊に向けて「もういいよ」と声をかけた。

同時に、霊はするりと紙の中に吸い込まれていく。

そして。

「さっき言った視力を奪われたって話、本当なんだよ。取り返そうにもこっちはほとんど視えないから、どうしても協力者が必要で。それで、霊能力の高い人を探す中で、一華センセイに行き着いたってだけ」

まるで世間話でもするかのような気軽な口調で、そう口にした。

青年の説明はあまりに雑だが、要するに自分を巻き込もうとしているのだと察した一華は、じわじわと込み上げる苛立ちを抑えられずに青年を睨《にら》む。

「言っておくけど、私はそういうことに関わるつもりはないから」

「そう言うけど、心霊相談専門のカウンセラーとして噂になってる時点で、十分関わってるよ。ってか、視えていながら幻覚だって言い張ってるなんて、虚しくない？」

「どうして虚しいの。霊なんて曖昧なものに向き合うより、幻覚だって思った方がずっと幸せじゃない」

「……なにその理屈。ただの現実逃避じゃん」

「私が納得してるんだから、あなたには関係ない」

はっきりそう言った一華に、青年はさも理解できないといった様子で肩をすくめた。

このままの勢いで説き伏せてしまおうと、一華はさらに言葉を続ける。

「ともかく、そういうわけだから他を探して。それに、私程度の霊能力を持つ人間なら、他にいくらでもいるでしょ」

しかし、青年はむしろ余裕とも取れる笑みを浮かべた。

「そりゃいるにはいるんだけど、でも俺がパートナーとして探してるのは、いわゆるガチな人だからさ」

「ガチな人……？」

「血筋も能力も申し分ない霊能力者ってこと」

「……だったら、私はそもそも当てはまってないんだけど。とっくに家から離脱してるし、今はこうしてカウンセラーをやってるんだから」

「いや、俺は先天的な能力の話をしているわけで、離脱したかどうかは無関係だよ。それに、カウンセラーをやってたことに関しては、むしろ都合がいいっていうか」

「どういう意味」

「困るでしょ、患者さんたちに知られたら。霊を散々否定してきたカウンセラーの先生が、実は由緒正しい霊能一家の生まれだなんて」

「…………」

脅す気だ、と。

想像していたよりも厄介な展開へ進んでしまい、思わず一華の目が泳いだ。

青年はそれを見逃さず、勝ちを確信したかのように目を細める。

そして。

「ごめんね、強引な手を使って。……だけど、本当に、深刻に困ってるんだ」

そう言って、心底申し訳なさそうな表情を浮かべた。

そんな演技にほだされてたまるかと、一華は咄嗟《とっさ》に視線を逸らす。

ただ、どんなに突っぱねたところで、この青年に握られてしまった弱みはあまりにも致命的であり、これ以上抗っても不毛だという事実を薄々察していた。

思えば、十八歳で地元を離れ、約八年。ようやく自分の生き方を確立してきた矢先にこんなことになるなんてと、一華は重い溜め息をつく。

すると、青年は大きな目を揺らし、少し遠慮がちに一華の手首を引いて、自分の隣に座らせた。

「そんな、この世の終わりみたいな顔しないでよ。どうせなら、友好的な協力関係を築きたいと思ってるのに」

「どうやったら友好的になるの。こっちは一方的に手伝わされるだけなのに」

「でも、俺がやってる仕事は心霊案件専門の探偵業だからさ。具体的に言うと、依頼があった場所に行って祓うのが主な業務。それを地道に続けてたら、いずれは一華センセイが望む理想郷が出来上がるよ?」

「理想郷?」

「霊が嫌いなんだよね? だったら、片っ端から祓えばいなくなるじゃん」

「……地道すぎ。そんなの、寿命が尽きても終わらないでしょ」

「いやいや、ゆっくりでも進むことが大事なんだって、今朝のテレビで偉い人が言ってたよ」

　一華はまともな会話を諦め、二度目の溜め息をつく。すると。

「まあとにかくさ、一度お試し的に手伝ってみてよ。それに、こっちだって一華センセイの能力がどの程度か判断したいし」

　青年は、脅している自覚がまったく感じられない、明るい口調でそう言った。

「なんなの、偉そうに」

「いや、大事なことだよ。霊と関わる以上は危険なこともあるし、そこそこ対応できる人じゃないとさ。まぁ、下調べの段階では一華センセイにはなんの問題もないんだけどね」

「それはどうも。ていうか、一華センセイなんて嫌味ったらしい呼び方しないで」

「じゃあ、一華ちゃん？」

「やめてよ、あなた年下でしょ」

「いや俺二十八なんだけど」

「……は？」

　今日は数々の衝撃を受けたけれど、一番面食らったのは意外にもコレかもしれないと、おかしなことを考えている自分がいた。

　ただ、それも無理はないくらいに、青年は顔も格好も態度までも、いっそ高校生だと言われても信じてしまうくらいに若く見えた。

「なにその反応。ちょっとは気を遣ってよ、結構気にしてるんだから」

青年は気にしていると言いながらも、絶句する一華を見て楽しそうに笑う。そして。

「とりあえず、諸々説明したいんだけど、これ以上長居したら仕事に差し支えるだろうから、夕方また来るね。受付の最終時間って十八時でしょ。そこから長めにカウンセリングの予約入れといて」

一方的にそう言ってソファから立ち上がり、出入口へ向かった。

一華はハッと我に返り、慌ててその後を追う。

「ちょっ……、予約って、まだ名前すら聞いてないんだけど！」

そう言うと、青年は立ち止まってくるりと振り返った。

「そうだった。俺は翠《すい》だよ」

「いや、下の名前じゃなくて」

「翠くんでいいや」

「だから、苗字――」

「じゃ、後でね」

「待っ……」

声を上げたものの、翠と名乗った青年はもう立ち止まらず、あっさりと部屋を後にする。

戸が閉まると同時に辺りはしんと静まり返り、一華はまるで嵐が過ぎ去ったかのような疲労感を覚えた。

そんな中、ふと気付いたのは、さっき翠が連れていた霊がこの部屋の結界に引っかかっていないという事実。

翠がなんらかの対策を施したことは確実だが、霊能力者にならば誰にでもできるような簡単なことではない。

本当に、彼はいったい何者なのだ、と。

一華は崩れ落ちるようにソファに座りながら、改めて翠のことを考える。

あれだけ高い霊能力を持つならば、それ相応の血筋の生まれだと考えるのが自然だが、もしそうなら、探偵を本業としている理由がまったく想像できなかった。

というのは、霊能の家系自体がほとんど現存していないこの時代、強い霊能力を持つ後継候補の存在は、一家をあげて守るべき貴重な人材だからだ。

ちなみに、女が家を継いではならないという古い慣習が色濃く残るこの世界において、一華はそれには該当しない。

だからこそ、家を出て上京することはもちろん、カウンセラーの職につくことも、まったくの不問とまでは言い難いが、一応は許可が下りた。

「いや、……考えるのやめよう。嫌なことまでいろいろ思い出しちゃうわ……」

つい零れたひとり言が、静かな部屋に虚しく響く。

幸いというべきか、そのタイミングでパソコンに次のカウンセリングの通知が届き、一華は気持ちを切り替えてサロンを覗いた。

そこには、もう何度かカウンセリングを受けている患者が待っていて、一華を見てどこかほっとしたような表情を浮かべる。

「こんにちは。さあ、中へどうぞ」

一華もなんだか妙にほっとし、患者を中へ招き入れた。

ただ、――ついさっきあんなことがあったせいか、カウンセラー仕様のこの笑顔が、なんだか不自然に思えてならなかった。


翠は、十八時ちょうどにやってきた。

それまでの数時間、一華は合間を見つけては翠が語った内容を繰り返し考えてみたものの、ただただ苛立ちが込み上げるばかりで、結局、頭の中を整理することすらできなかった。

結果、サロンで待つ翠と目が合うやいなや思わず嫌悪感が顔に出てしまい、それを見た翠が楽しげに笑う。

カウンセラーとして、ネガティブな感情をあまり表に出さないよう努めてきたつもりだが、翠を相手にするとどうも上手くいかないらしい。

そんな一華を他所に、翠はまるで自分の部屋であるかのようにカウンセリングルームに入ると、無遠慮にソファに座った。

一華はうんざりしながらその正面に座る。

「ねえ、思ったんだけど、なんでここなの？　さっきはそんなことを考える余裕がなかったけど、ここは私の神聖な仕事場なの」

最初に口にしたのは、これだけは絶対に言っておこうと準備していた苦情。

今後も入り浸られたらたまったもんじゃないと、一華は強めの口調でそう伝える。

しかし、翠は意外にも、申し訳なさそうな表情を浮かべた。

「いや、確かにそうなんだけど、一華ちゃん的には他の場所よりここの方が安心できるんじゃないかと思って。俺に全然信用ないだろうし、だったら勝手知ったる場所で他のスタッフさんがいる時間の方がいいのかなって」

「……そこまで考えてたとは思えないんだけど」

「本当だってば。それに、四ツ谷《よつや》まで足を運ばせるのも悪いしね。一華ちゃんの家は中《なか》目黒《めぐろ》だから逆方向だし」

「……なんで家まで知ってんのよ」

「優秀な探偵なんで」

「というか、四ツ谷ってなに」

「俺の事務所。四ツ谷にあるの」

「あ、そういう……」

正直、探偵なんて自称に違いないと思っていた一華は、都内に事務所を構えているという話に少し驚いていた。

ついでに言えば、あっさりと事務所の場所を明かしたことも意外だった。

そんな中、翠は部屋をぐるりと見回し、書棚の上に目立たないように貼ってあるお札を指差す。――そして。

「あれがこの部屋に結界張ってるお札？」

そう言って、目を輝かせた。

翠が言う通り、この部屋の結界は書棚の上のお札によって保たれているが、その見た目は神社で授かるものに似せて偽装しているため、一般の人に気付かれることはまずない。

ただ、こういう部類に関する翠の造詣の深さは疑うまでもなく、もはや、いちいち驚く気力もなかった。

「……よくおわかりで」

「そりゃね。てか、自分で結界張ったの？」

「張ったのは自分だけど、お札は実家から貰ったの」

「へえ。ってことは、勘当されてるわけじゃないんだ?」

「しらじらしい。どうせ調べてるくせに」

「はは」

翠はあくまで否定はせず、曖昧に笑う。

そして、身構える一華とは逆にずいぶんリラックスした様子で、大きく伸びをした。

「いやー、強力でいい感じの結界だなって、気になってたんだ。だから、正直に言えば、俺的にも安心なんだよね。なにせいろんな恨みを買ってるから、こういう守られた場所じゃないと余計な神経使うし」

「ちょっと待って。聞き捨てならないんだけど、恨みを買ってるってなに?」

翠はなんでもないことのようにサラリと言うが、一華には、そんな不穏な言葉を簡単に聞き流すことはできなかった。

一方、翠はあっさりと頷く。

「そりゃ、依頼とあらば強引な手を使いまくってるからね」

「つまり、霊から恨まれてるってこと?」

「それもあるけど、一番厄介なのは呪い主かな。俺、呪われた人の解呪もやってて」

「解呪って、呪いを解くって意味でしょう?　かなり難しいって聞いたことがあるけど、そんなことまでできるの？」

「まぁ、できなくはない、ってくらい」

翠は、一華の疑問に淀みなく答えていく。しかし。

「で、あなたは何者なの。いい加減教えて」

「だから、心霊案件専門の探偵だってば」

この質問に対する答えだけは、何度聞いても的を射なかった。

そもそも、いっさい答える気がないのだろう。

「……じゃあ、せめて苗字くらい教えて」

一華は譲歩したつもりで、質問を変える。

しかし、翠は不自然に瞳を揺らした。

「だから、翠くんでいいって」

「……あのさ、言わせてもらうけど、私をこれから危険なことに巻き込もうとしてるんでしょう？　まともに名乗れないような奴に命を預けろって言うの？」

「……正論だ」

「そう思うなら早く」

「えっと、よ、……四ツ谷。四ツ谷翠、です」

「はぁ？　四ツ谷に事務所を構える四ツ谷翠？……そんなの誰が聞いても嘘じゃない。

もしかして、私のこと馬鹿にしてる？」

「嘘じゃないって……！『四ツ谷に事務所を構える四ツ谷翠』って言われるのが恥ずかしいから言わなかっただけだって！」

「まっ……たく、信じられない」

「いやっ……、ていうか、そろそろ本題に移ろうよ。時間が勿体ないし」

到底納得はいかないが、答える気がない相手にこの応酬は確かに無駄だと、一華は渋々頷いた。

「じゃあ翠、簡潔に説明して」

「よ、呼び捨て……」

「本題を、早く」

「は、はい」

なかば投げやりに本題を催促すると、翠は頷き、演技じみた咳払いをする。

「……じゃあ、本題ね。まず結論から言えば、一華ちゃんには俺の視力を奪った霊捜しに協力してほしいんだ。けど、さっきも説明した通り、その前にお試しで一回仕事を手伝ってほしくて」

「手伝うって、具体的には？」

「霊の捕獲に付き合ってもらおうかと。お試しにちょうどいい依頼を受けたばっかりでさ。依頼主が言うには、いつも通勤中に同じ霊を見かけるらしくて、不気味だから追い払ってほしいんだって」

「……へえ。心霊案件専門の探偵って、結構ディープな相談受けるんだ」

「そもそも、互いに霊の存在を肯定してることが前提だしね。お寺や神社に駆け込んでも解決できなかった人が、うちに来るってパターンが多いかな」

「……なるほど」

極めて不本意ながらも、あくまで翠の説明を理解するという意味では、これといった苦労はなかった。

翠の話を聞く限り、探偵といえど仕事の内容は実家の寺で父や兄がやっていることとさほど変わらないからだ。

「つまり、その霊を回収すればいいってことね」

「さすが、話が早くて助かるよ」

「で、どうするの。これから行く？」

「お。やる気じゃん！」

「先延ばしにする方が面倒だから」

そう言った一華に、翠はさも満足そうに頷く。どうやら意図せず喜ばせてしまったらしいと、一華は内心うんざりした。

しかし、そのとき。

ふと、脳裏にひとつの案が過る。

それは、「お試し」として同行する霊の回収に失敗して翠を落胆させれば、今後はもう執着されることがなくなるのではないかという考え。

その途端、諦めに支配されていた心に小さな希望が生まれた。

騙すようなやり方ではあるが、そもそも脅されて付き合わされている以上、良心の呵責など微塵もない。――しかし。

「一華ちゃん、何時頃退勤できそう？　ちなみに、場所はスクランブル交差点だから、歩いてすぐだよ」

その言葉を聞くやいなや、生まれたばかりの希望に早速影が落ちた。

「スクランブル、交差点……？」

「うん。おじさんの霊が出るらしいよ。しかもだいぶ危険でさ、こっちが視える人間だって気付くとすごい勢いで捕まえに来て、信号が赤になっても離してくれないんだって。調べたら、ここ数ヶ月で事故未遂が何度も起きてるし、放っておくとそのうち死人が出そう」

「………」

「どした？」

一華が絶句した理由は、言うまでもない。

「スクランブル交差点」に「おじさん」に「捕まえに来る」というワードが、どれも記憶に新しいものだったからだ。

一華は密かに確信する。

その「おじさん」とやらは、今日のカウンセリングで陽奈から聞いた霊と同じであると。

おそらく、陽奈以外の目撃者か被害者が、翠に相談を持ちかけたのだろう。

ただ、そうだとすると、もはや自分の都合で捕獲を失敗するわけにはいかなくなってしまった。

なぜなら、霊は警戒心がとても強く、一度自分を捕獲しようとした相手の前にはなかなか姿を現してくれない。

つまり、ミスをすれば捕獲がより困難になり、陽奈がまた同じ霊に遭遇する可能性が高まる。

そして最悪遭遇してしまった場合は、懸念していた通り、必死に幻覚だと言い聞かせた一華の言葉の信憑性が格段に落ちてしまうだろう。

そう考えると、失敗するという選択肢を安易に選ぶわけにはいかなかった。

だとしても、すべてのチャンスが消えたわけではない。

というのは、翠がわざわざ「お試し」を設ける程に協力者の実力の高さを重要視していることは明白であり、つまり一華では実力不足であると認定してもらえば、協力の話も撤回するはずだからだ。

具体的な方法としては、これから行うスクランブル交差点での霊の捕獲に全力を出さず、ギリギリ成功したかのような演出をすること。

もちろん、自分の力を調整できる程の余裕があるかどうかは現れる霊次第だが、上手くいけば、陽奈のことも翠のこともすべてが良い方向に進む。

一華はひとまずその作戦を頭に留め、翠に視線を向けた。

「ごめん、なんでもない。……ともかく諸々了解したから、翠は先に出てハチ公前で待ってて。予約はこれで最後だし、三十分後には合流できると思う」

変に勘繰られないようぶっきらぼうにそう言うと、翠はわずかに首をかしげながらも立ち上がる。

「わかった。じゃ、先に行ってるね」

そう言ってひらひらと手を振る翠の表情は、まるでこれから遊びに出かける子供のように無邪気だった。

一華はその後ろ姿を見送った後、背もたれに体重を預けてぐったりと脱力する。

「それにしても面倒臭いことになった」

無意識に零れた呟きが、心にずっしりとのしかかった。

とはいえ、もはやどこにも逃げ場はなく、一華は重い体を無理やり起こして立ち上がると、デスクの引き出しから数枚のお札と、棚から試験管を一本取り出しポケットに突っ込む。

そしてパソコンの電源を落としてカウンセリングルームを後にすると、サロンを挟んで対面にある精神科の診察室へ向かった。

そこを使っているのは、院長の高輪。

診察中でないことを確認してそっと戸を開けると、パソコンに向かっていた高輪が困ったように笑った。

「こらこら、ノックしなさい」

「すみません、ちょっと急いでいたので。……私、今日はこれで失礼しますね」

そう言うと、高輪はなにかを察したのか、訝《いぶか》しげに眉根を寄せる。

「それはいいけど、ずいぶん浮かない顔してるじゃない。……どうした？　診察しようか？」

「い、いえ！　全然大丈夫です……」

高輪は、仕事柄とても鋭い。

三十四歳とまだ若いが精神科医として高名であり、聞けば、高輪の診察を受けるために、遠方から多くの患者が来院しているという話だ。

ついでに言えば、高輪はとても美しく、陶器のような肌に切れ長な目が、妖艶なまでの色気を放っていた。

ただ、本人には自覚が一切ないようで、仕事中はもちろん普段から飾り気がなく、化粧すらほとんどしない。

むしろ中身は結構がさつで、デスクの上は雑然とし、パソコンのデスクトップはアイコンで埋め尽くされている。

しかし、それでも、――高輪の内面をよく知る一華ですらも、その美しさについ見惚れてしまう瞬間があった。

その日の高輪も、無駄に色気の漂う笑みを浮かべ、なかなか中に入ろうとしない一華に手招きをする。

「まあそう言わず、ちょっとおいで」

「いいえ、これから急用が……」

「いいから。顔色悪いし、薬を出してあげる」

「だ、大丈夫ですって」

「ほら、手出して」

「え、ちょっ……」

戸惑いながらも手を差し出すと、高輪はいたずらっぽい笑みを浮かべ、一華になにかを握らせた。

おそるおそる手のひらを開くと、そこにちょこんと載っていたのは、達筆な明朝体で黒糖と書かれた大粒の飴。

「渋……」

思わず口を衝いて出た正直な感想に、高輪は声を上げて笑った。

「文句を言うな。とにかく、疲れてるみたいだから糖分を摂りなさい。あんた意外と真面目だし、考えすぎないように」

「……ありがとう、ございます」

「じゃ、また明日よろしくね」

「はい。……高輪先生、お疲れ様です」

一華はペコリと頭を下げて診察室を出ると、貰った飴を早速口の中に放り込む。そして。

「でか……」

口の中でなかなか居場所が定まらない大きな飴玉に翻弄されながら、病院を後にした。

おそらく、高輪には、一華が面倒な事態に巻き込まれて困惑していることも、概ねお見通しなのだろう。

それでも、高輪はよほど違和感を覚えない限り、一華から無理に話を聞き出そうとはしない。

ただ、飴の甘さから労いが伝わってくるかのようで、一華はその踏み込みすぎず突き放さずの絶妙な距離感を、改めて心地良いと感じていた。

「ま、なるようにしかならないよね……」

まんまと飴に励まされた一華は、ひとり言を呟きながら足早に宮益坂を下りる。

それから宮益坂下交差点の横断歩道を渡り、渋谷駅ガード下を潜ると、間もなく目線の先にハチ公前広場が見えた。

その右手には、まさに今回の目的地であるスクランブル交差点があり、離れた位置からでも大勢の人々が行き交う様子が見える。

一華はその光景にやや辟易《へきえき》しながら、重い足を進めた。

正直、奈良の田舎で育った一華にとって、スクランブル交差点とはもっとも落ち着かない場所のひとつであり、あまり好きになれない。

その理由を無理やり言語化するとすれば、人が異様に多い割に全体的な空気はどこか無機質で熱気がなく、まるで機械がひしめき合う工場を見学しているときのような感覚に陥るからだ。

そういう理由もあって、一華が渋谷駅のいわゆる〝ハチ公側〟に来たのはとても久しぶりだった。

やがてスクランブル交差点の信号が赤になり、一華は両岸にみるみる人が滞留していく様子を横目で見ながらハチ公像へ向かい、その周囲を囲うポール状のベンチを見回し翠の姿を捜す。――そのとき。

数人の女子たちに囲まれて楽しげに話す、見覚えのある顔が目に入った。

「…………」

こんなときにナンパか、と。

一気に気分が萎えた一華は、いまだにほとんど大きさの変わっていない飴を思いきり嚙み砕く。

そしてズカズカと足を進め、翠の正面に立ちはだかった。

「……そろそろ仕事のお時間ですが」

そう言うやいなや、女子たちは戸惑った様子で顔を見合わせ、あっという間に立ち去っていく。

そして、残された翠が可笑しそうに笑った。

「あーあ。これから彼女と待ち合わせだって言ってたのに、仕事なんて言うから嘘がバレちゃったじゃん」

その言い方から、どうやら今のは逆ナンだったらしいと一華は察する。

それも特段不思議はなく、街の風景の中で目にした翠の姿は、この人混みの中でもすぐに目に留まるくらいには目立っていた。

ただ、声をかけてくる女の子をあしらうくらい慣れっこだと言わんばかりの態度が無性に気に障り、一華は不快感を露わに翠を睨む。

「それはそれは、すみませんでしたね。ただ、こっちも変な誤解をされたくないので」

「別に、二度と会わない相手に誤解されたってよくない？」

「二度と会わない相手だろうが、関係ない。嫌いなのよ、軽薄な男」

「軽薄……って、俺のこと？　え、そう見えてんの……？　ちょっと聞き捨てならないんだけど」

「うるさいな。始めるから早くして」

一華は苛立ちを隠さず、翠に背を向け早速スクランブル交差点の方へ向かう。

すると、翠も慌てて一華の後を追った。

「てかさー、一華ちゃんはちょっと怒りっぽすぎるって。せっかくだからもっと仲良くやろうよ」

「こっちは脅されて手伝ってんのよ。そんな状況で仲良くできる程、私はおおらかじゃない」

「それはまあ、そうか。にしても、脅しってすごいパワーワード」

「脅した張本人が他人事のように言わないで」

まさにこれから霊を捕獲しようとしているにも拘らず、翠の態度からは緊張感が微塵も感じ取れなかった。

一華も霊には人より慣れている方だが、ここまで平常通りでいられる人間はあまり見たことがない。蓮月寺の後継者である兄の嶺人ですら、こういうときは纏《まと》う空気がわずかに変わる。

肝が据わっているという言い方もできるが、一方で、こんなふざけた調子だからこそ、霊に視力を奪われるなどという意味不明な目に遭うのだと、納得してもいた。

こういう危機感のない人間に付き合っていれば命がいくつあっても足りない気がして、一華は改めて自分の置かれた状況にうんざりしながら、ハチ公前広場の隅まで足を進める。

そして、交差点の中央あたりに視線を向け、霊の姿を捜した。

しかし、人が横断する様子をしばらく観察してみたものの、それらしき姿も、気配すらもない。そして。

「……手応えないね」

そのまま三十分程が経過した頃、黙って横に立っていた翠がそう呟いた。

一華は一旦肩の力を抜き、小さく頷く。

「まあ、そう簡単には出てこないでしょ。そもそも、霊感のある人間は霊に警戒されやすいし」

「確かに。……それにしても、渋々だった割になかなか根気強いよね。集中力もすごいし。てっきり、すぐに諦めようって言い出すと思ってたのに」

真剣に取り組んでいるのは陽奈の事情が関係しているせいだが、図らずも評価されてしまい、失敗を目論んでいた一華としては複雑な気持ちだった。

「……この件は、放っておくと危険だから」

誤魔化すつもりでぶっきらぼうにそう言うと、翠は楽しげに笑う。そして。

「意外と真面目だもんね」

そう言って、どこか懐かしそうに目を細めた。

その表情を見た途端、――ふと、記憶のずっと奥の方で、なにかがカタンと音を立てるような、不思議な心地を覚える。

「ねえ、――前に、どこかで会ったことある？」

それは、なかば無意識に口を衝いて出た問いかけだった。

そんなわけがないとすぐに我に返り、おかしなことを口走ってしまったことを謝ろうと、一華は咄嗟に翠を見上げる。――しかし、そのとき。

翠はほんの一瞬、けれどかなり明確に、瞳を揺らした。

今のは動揺だと、数々の人をカウンセリングしてきた経験から、一華は確信する。

同時に浮上したのは、さっきの質問があながち的外れではない可能性。

とはいえ、過去に翠と会った記憶など一華にはなく、わざわざ初対面を装う理由など思い当たらなかった。

翠はすっかり通常通りの飄々とした態度で、顔の前で両手を合わせる。

「ごめん、言い間違えた。本当は、意外と真面目そうって言いたかったのに」

「…………」

「まるで一華ちゃんのことを知り尽くしてるみたいな言い方だったよね。そりゃ軽薄だって言われるわ」

誤魔化せば誤魔化す程に疑わしいけれど、一華自身に記憶がない上、翠にまったく白状する気配がない以上、しつこく追及しても不毛であることは確実だった。

とはいえ、明確に覚えた違和感をなかったことにするつもりもなく、一華はひとまずそれを心に留めておくことにし、ふたたび交差点へと視線を向ける。

翠もまた、どこかほっとした様子ではあったものの、なにごともなかったかのように視線を戻した。

「にしても、全然出てこないじゃん……」

相変わらず軽々しい口調が、雑踏の中に吸い込まれていく。

一華は歩行者信号が赤になったのを確認してから、わずかに集中を解いた。

「そういえば……、一緒になって捜してるけど、そもそも翠って視えないんじゃなかった？」

口にしたのは、ふと頭を過った疑問。

すっかり頭から消えていたけれど、それこそ一華が巻き込まれてしまったキッカケに他ならない。

すると、翠は平然と首を縦に振った。

「まあ、視えないね」

「……だったら意味なくない？」

「でも、そのぶん気配には敏感になったから、出てくれば気付くよ」

「その話、本当だったんだ。……ていうか、素朴な疑問なんだけど、翠が連れてた不気味な霊のことは視えてるの？」

「俺が連れてた不気味な霊……？　あ、田中さんのことか」

「田中、さん……？」

「あの人は元々地縛霊だし、見た目は確かに怖いんだけど、今は俺の式神だよ。つまり俺と契約関係にあるし、そうなると体の一部も同然だから、もちろん視えるよ」

「…………」

「視たいなら出そうか？」

「いや、……いい」

無理やり平静を装いながらも、正直、一華は翠が話した内容に面食らっていた。

それも無理はなく、地縛霊と契約を交わし自分の式神にするだなんて、生粋の霊能一家に生まれた一華にとっても荒唐無稽な話だったからだ。

一応、可能であるという認識だけはあるが、それも家に代々伝わる大昔の記録で目にした程度であり、その血を引く父や兄にも契約を交わした式神なんていない。

だからこそ、記録を見てもなお、疑わしいと思っていた。

しかし。

「ちなみに、俺の式神は田中さんだけじゃなくて、他にも何体かいるよ」

翠がついでのように口にしたのは、さらに衝撃的なひと言。

さすがにもう平然と聞いてはいられず、一華は眉を顰《ひそ》めた。

「あんなのが、何体も……？」

「うん。こういう仕事してると、いろいろ出会うから。霊にもそれぞれ得意分野があるし、俺は来るもの拒まずのスタイルだから集まっちゃって」

「集めてるの？　趣味悪……」

「集めてるんじゃなくて、集まってんの。そもそも、俺が一方的にこき使ってるならともかく、両者の利害が一致してるんだから別によくない？」

「利害が一致って、てか、霊にはなんの得があるの？」

「それは……ってか、蓮月寺の娘のくせに全然知らないじゃん」

そう言われ、一華はふと我に返る。

そして、この手の話題をもっとも嫌っていたはずの自分が、翠の語る話にすっかり食いついてしまっていることに内心驚いていた。

翠の話は驚くのも仕方がないくらい奇想天外であり、つい続きを聞きたくなってしまう。

もちろん、そんなことを本人に言うつもりはないけれど。

「いいでしょ、別に。蓮月寺の娘だろうが、私はそういうことを知る必要なんてなかったんだもの」

「確かに、今や〝霊は幻覚説〟を唱えてるくらいだもんね。まぁその説を確立させるために、自分の霊能力をおおいに使っているわけだけど」

「……うるさいな。もういいよ、答えてくれなくて。この話は終わり」

これ以上矛盾を突かれるのは面倒臭く、一華はさっきの質問を取り下げ会話の強制終了を図る。

しかし。

「……式神として保護してるとね、必然的に他の霊たちから悪影響を受けないから、魂の浄化が早いんだよ。つまり、早く浮かばれるってこと」

突っぱねた一華を他所に、翠は質問の答えを口にした。

その説明がやけに丁寧でわかりやすく、苛立っていたはずの心がスッと静まる。

「……そう、なんだ」

気の抜けた返事をすると、翠は満足そうに笑った。

「うん。だから、利害の一致」

つくづく摑み難い不思議な男だと、一華は思う。

人の心理についてはそれなりに勉強してきたはずだが、それも、翠を前にするとあまり役に立たなかった。

なんだか落ち着かない気持ちだったけれど、間もなく歩行者信号が青になり、一華はふたたび目の前の景色に集中する。

そして、四方向から縦横斜めに動き出した人々が混ざり合い拡散していく百二十秒間の様子を、ただ淡々と眺めた。

やがて青信号が点滅を始めた頃、ふと、この光景を撮影した動画が海外で人気だという、どこかで聞いた話を思い出す。

あのときはあまり理解ができなかったけれど、こうして何度も繰り返し眺めているうちに、何千人もの人々がルールに則って動く姿はある意味中毒性があると、好む好まないは別としても目を引くのは確かだと、少しだけ共感していた。

そして、――ついに異変が起きたのは、それからさらに三十分が経過した頃のこと。

待てど暮らせどそれらしき姿がなく、集中力の限界を迎えた一華が出直すことを考えはじめた、そのとき。

「一華ちゃん、……あの辺に、なにか視えない？」

ふいに翠がそう言い、交差点の中央付近を指差した。

一華はたちまち緊張を覚え、すぐに視線を向ける。

けれど、歩行者信号が青になったばかりの交差点内はどこもひどく混雑していて、翠がどこを指しているのかまったくわからなかった。

「さすがに今は人が多すぎるよ……。翠はなにか視たの？」

尋ねると、翠は首を縦にも横にも振らず、ただ眉間に皺を寄せる。そして。

「いや、例のごとく俺には視えないんだけど、……なんか、あの辺りに突然変な気配が現れたから」

「変な気配……？」

その不穏な言葉に、背筋がゾクッと冷えた。

ただ、そのときの一華は恐怖よりも、この人混みの中、この距離感で、視えもしないのに霊の気配を察した翠に驚いていた。

現に、一華には、いまもまだその気配とやらを認識できていない。

にわかには信じ難い気持ちもあったけれど、翠はこれまでになく真剣な表情を浮かべていて、とても冗談を言っているようには見えなかった。

翠が視力と引き換えに得たという鋭さは、想像していたよりもずっと優秀らしいと一華はようやく納得する。そして。

「私にはなんの気配も感じられないけど、……あの辺に、いるのね？」

確認のため尋ねた一華に、翠は躊躇うことなくはっきりと頷いた。

「目的の霊かどうかはわからないけど、なにかがいることは確実」

「なるほど。……わかった。だったら、ちょっと見てくる」

「え？……いや、もうしばらく様子を見てからの方が――」

「曖昧な気配を遠くから探るより、近寄った方が早いから」

「ちょっと待っ……」

戸惑う翠を無視し、一華はセンター街方向へ向かって斜めに伸びる横断歩道に足を踏み出す。

そして、向かい側から押し寄せる人々の波に飛び込むようにして、まっすぐに中央付近を目指した。

これだけの人間が一気に動いているにも拘らず、スクランブル交差点で人同士が衝突することはあまりない。

さほど意識しなくとも、一定のスピードで歩いてさえいれば、どんなに人がいようとも自然にすれ違うことができる。

そのときも、一華は多くの人々がすごい勢いで自分の横をすれ違っていく様子を不思議な気持ちで眺めながら、これも幻覚と同様に、人間が潜在的に持つ特殊能力のひとつではないだろうかと、妙にのん気なことを考えていた。

ふと前方から異様な気配を覚えたのは、三分の一くらいを渡り終えた頃のこと。

一華は少し端へと移動して歩く速度を緩め、歩行者の隙間からその気配の元を捜す。

――そのとき。

まさに中央付近に、ぽつんと佇む中年の男の姿が目に入った。

普通に考えればこんな場所で立ち止まるのは迷惑だが、周囲の人間は気にも留めない様子で過ぎ去っていく。

それも無理はなく、よく見れば男の足元はやや透けていて、生きた人間でないことは疑うまでもなかった。

脳裏を過ったのは、陽奈が話してくれた、ここでの体験談。陽奈たちが遭遇したのも確か〝立ち止まってるおじさん〟だったと、一華は思い返す。

ならば、あの中年の男こそ目的の霊だろうと、一華はポケットの中の数珠をそっと握る。

ただ、確信するには、拭いきれない小さな違和感があった。

それは、男の霊の気配があまりにも弱々しいこと。

陽奈によれば、その男は自分達に勢いよく迫ってきた上、手首を摑んだまま信号が赤に変わっても離してくれなかったとのこと。

それが事実だとするなら、相手は地縛霊の中でも攻撃性が極めて高い部類だと考えられる。

しかし、今一華が視ている男の霊からは、人を襲いそうな雰囲気なんてまったく感じ取れない。

むしろ、どこにでも彷徨《さまよ》っているいたって無害な浮遊霊と、さほど変わりがないようにすら思えた。

あれが本当に危険なのだろうかと、一華はふと疑問を覚える。

そのとき。

「——そんなに凝視してたら気付かれるってば」

ようやく追いついた翠が、背後から一華の肩を摑んだかと思うと、無理やり別の方向を向かせた。

「ちょっと……、乱暴……！」

抗議しようと振り返ったものの、翠は謝るどころか、呆れた様子で大袈裟に溜め息をつく。

そして。

「ずいぶん油断してるみたいだけど、視える人間だって気付かれたらいきなり豹変するって話、まさか忘れたわけじゃないよね」

眉間に皺を寄せ、そう苦言を呈した。

もちろん忘れてはいないと、それを加味してもなお気配が弱すぎるのだと、一華は咄嗟に反論しようと翠を見上げる。――けれど。

「……そうだっけ。ごめん、すっかり忘れてた」

わずかな沈黙の後に一華が口にしたのは、まったく逆の言葉だった。

その意図は言うまでもなく、翠に自分を無能であると判定させるため。

それは半分忘れかけていた計画だったけれど、翠の顔を見た途端に思い出した一華は、瞬時の判断で言葉を変更した。

その咄嗟の対応力には、自分自身が一番驚いていた。

「困るよ……、そこが今回の一番肝心な部分なんだから」

翠はとくに演技を怪しむような素振りを見せず、さも不満げにブツブツと呟く。

そして、歩くスピードを少し上げ、男の横をあっさりと通り過ぎた。

「え、待ってよ、通り過ぎるの……？」

「逆に聞くけど、なんの準備もないまま突撃する気？」

「準備って？」

「行動パターンを観察してからの方が安全でしょ」

「慎重なんだ、見た目によらず」

「あのさ……、一華ちゃん、安全な結界の中で待ち構えるスタイルに慣れすぎて、だいぶ感覚鈍ってない？　地縛霊のヤバさを舐めすぎだよ」

「そんなこと……！　――いや、あるかも」

「あるんじゃん」

翠は心底うんざりした様子で天を仰ぐ。

ただ、そのときの会話の中で一華が口にしたのは、いわゆる〝無能判定計画〟の一環ではなく、最後の「あるかも」を除くすべてが素の発言だった。

というのは、一華には霊を嫌っている自覚は明確にあるが、舐めているつもりはまったくない。

だから、翠が呆れた一連の行動も、一華にとってはごく普通のことだった。

図らずも自分の無能ランクが上がったことは幸いだが、その反面、少し複雑な気持ちも込み上げてくる。

しかし、それも青信号が点滅をはじめた頃にはどうでもよくなり、一華は足早に横断歩道を渡りきるとすぐに踵を返し、今度はセンター街側から男の霊がいた辺りに視線を向けた。

翠もその横に並び、一華と同じ方向に視線を向ける。

「……で、一華ちゃんは気配の主を視たんだよね？　目的の霊で間違いなさそう？」

「おじさんだったから、多分。まあ、ずいぶん大人しかったのがちょっと気になるけど」

「さっきも言ったけど、豹変するから。ほんと、油断しないで」

「わかったってば。慎重に観察すればいいんでしょ」

「投げやりだなぁ……」

自分への信用がどんどん薄れていく様子がなんだか可笑しく、一華は思わず笑い声を零す。――しかし、そのとき。

突如、底冷えする程の異様な気配を覚え、心臓がドクンと大きな鼓動を鳴らした。

慌てて視線を泳がせた一華が目にしたのは、すっかり歩行者が減った横断歩道の中央で、ひとり立ち止まっている女性の姿。

よく見れば、その手首を、さっき視た男の霊ががっちりと摑んでいた。

女性は遠目に見ても明らかに怯えていて、必死に振り解こうとしているものの、男の手が離れる様子はない。

視えない人からしても女性の動きは不審に映るはずだが、すれ違う歩行者たちは点滅する青信号に気を取られているのだろう、せいぜい視線をチラリと向ける程度の反応しかせず、あっさりと立ち去っていく。

「一華ちゃん、もしかしてあの女の人、霊に捕まってる……？」

ふいに翠から問いかけられ、つい硬直してしまっていた一華は咄嗟に我に返った。

「捕まってるよ……！　しかも、自分じゃ振り解けないみたい……」

頷くと、翠はやれやれといった様子で肩をすくめる。

「やっぱそうなんだ……。ってか、霊感が強い一般人ってほんと不憫だよね。すぐ目を付けられるんだろうし」

その、どこか悠長に聞こえる言い方に、一華はふと違和感を覚えた。

「いや、そんなのんきなこと言ってないで、なんとかしてあげないと……」

しかし、翠は首を横に振ったかと思うと、いたって冷静に、向かい側にある渋谷駅前交番を指差す。

「周囲がだんだんざわつきはじめてるし、すでに交番から警察官が何人か出てきてるから、心配ないよ」

「は？　警察……？　なんの話？」

まさかの言葉に混乱する一華を他所に、翠は腕時計に視線を落とした。

「多分、信号が赤になるまであと十秒くらいしかないから、ひとまず警察に車を止めてもらわないと。今助けに行ったら危ないし、逆に迷惑がかかるでしょ」

「迷惑……」

翠の意見は、確かに一理あった。

車があらゆる方向から一斉に動き出そうとしているこのタイミングで、交差点に立ち入るのは自殺行為であり、無謀としか言いようがない。

しかし、そのとき。――〝たすけて〟と、一華の耳に突如、女性の訴えが届いた気がした。

その瞬間、翠の言葉も迷いも頭からすべて消し飛び、一華は衝動的に交差点へと足を踏み出す。

「ちょっ……！　馬鹿……！」

背後から響いた翠の声はなんの抑止力にもならず、一華は無我夢中で女性のもとへ向かっていた。

正直に言えば、この喧騒の中で女性の声が聞き取れるなんてあり得るだろうかと、幻聴の可能性を疑う気持ちもなくはない。

ただ、そのときの一華にとっては、それが幻聴であろうがなかろうが正直どうでもよく、動き出すキッカケにさえなればなんでもよかった。

無謀な行動であることは重々承知だが、一方で、やたらと慎重で合理的な翠の方針にストレスが溜まっていたのかもしれないと、密かに分析している自分がいる。

いずれにしろ、理不尽に霊に悩まされる女性を、——かつての自分のような女性を前に黙って様子を窺っていることなんて、一華にはできなかった。

一華は一気に距離を詰めながら、ポケットの数珠を引っ張り出して素早く手首に通す。

そして、しつこく女性を捕えている男の腕を、その手で思い切り払い除けた。

「なにやってんのよ、この変態！」

思わず吐いてしまった暴言も、すべてはストレスのせいだと一華は自分に言い聞かせる。

ようやく男の拘束から解放された女性は、すっかり混乱した様子でぺたんと地面にへたり込んだ。

ひとまず女性を助けるという目的は果たせたものの、それでも憤りが収まらない一華は、さらに男の霊に迫る。

たちまち、さっき感じた弱々しさからは想像がつかないくらいの重い気配に包まれたが、それすら怯む理由にはならなかった。

どろりと濁る空虚な目を睨みつけながら、一華は一度ゆっくりと深呼吸をする。

そして。

「――そうやって、フラフラ出てこないで。……こっちは幻覚だってことにしてるんだから」

その呟きを最後に、数珠を嵌めた手を男の体の中へと躊躇なく突っ込んだ。

男の中はゾッとする程冷たく、一華は思わず眉を顰める。

しかしその感触も長くは続かず、男はじわじわと輪郭を曖昧にしたかと思うと、やがて霧のように一気に舞い散り、辺りに大きく広がった。

一華はその様子を確認すると、今度はポケットから試験管を取り出し宙に向けて掲げる。

すると、一度は空気に溶け込んだはずの霧がふたたび集まり、大きく渦を巻きながら試験管の中へと一気に吸い込まれた。

一華はそれに素早く栓をすると、慣れた手つきでお札を巻き付け、ひとまずほっと息をつく。そして。

「あ、あの……、今の……」

ポカンと見上げる女性に、慌てて笑みを浮かべた。

「……幻覚ですよ」

「は……？」

通用するはずがないとわかってはいたけれど、仮にも霊感のある女性を上手く納得させられるような説明など到底思いつかず、結果的に一華が選んだのは、無理やり躱《かわ》すというもっとも強引な方法。

幸いというべきか、ちょうど数人の警察官が駆け寄ってきて女性を保護したため、それ以上説明する必要がなくなり、一華はようやく肩の力を抜く。

我に返れば辺りは騒然としていて、交通整理をする警察官の笛の音がけたたましく鳴り響いていた。

おそらく、霊の捕獲に夢中になっている間に信号が赤に変わり、警察官たちが即座に対応してくれたのだろう。

やがて一華も警察官から「ひとまず交差点の外へ」と声をかけられ、ハチ公前広場まで誘導された。

歩きながら、ふと、数珠やお札や試験管を掲げる姿などを見られていた場合は、不審者だと思われていてもおかしくないと一抹の不安が過る。

しかし、警察官から言われたのは、「人助けをしようという心がけはとても素晴らしいですが、無茶は控えてください」という注意のみ。

おそらく、あの混乱の中、一華の手元にまで注意が向かなかったのだろう。

そうこうしているうちに交通の混乱は解消され、スクランブル交差点の風景は、なにごともなかったかのように普段通りに戻った。

警察官からは念のためにと連絡先を聞かれたけれど、一華は急いでいるからとクリニックの名刺を渡し、深々と頭を下げてその場を後にする。

そして、一旦この人混みから離れようと、クリニックのある宮益坂方面へ向けて足を進めた。——そのとき。

「いやー、見事!」

背後から響いたのは、妙に明るい声とわざとらしい拍手。

振り返ると、満面の笑みを浮かべる翠の姿があった。

そういえばこの男と一緒だったと、一華は思わず動揺する。

それと同時に、すっかり頭から消えてしまっていた〝無能判定計画〟のことを思い出した。

計画が失敗に終わったことは、もはや言うまでもない。

翠に危なっかしい姿を見せるどころか、数秒足らずであっという間に霊を捕獲するという、本来の意図と真逆の現場を見られてしまったからだ。

焦りと苛立ちで余裕のなかった一華には、無我夢中で交差点に飛び出したあの瞬間から、そんな計算のことを考える隙などまったくなかった。

翠は絶句する一華の横に並んで歩きながら、満足そうに笑う。

「それにしても、想像以上だったなぁ。正直、あれを見るまでは結構不安だったんだけど、そんなの一瞬で吹き飛んだわ」

「………………」

「無駄がないし、とにかく早いし、それに、なんだか妙にかっこよかったし。やけに余裕持ってるなとは思ってたけど、あれだけの手練れなら、そりゃそうなるよね。あんなおじさんの霊とは力の差が歴然としてるんだから」

仰々しく評価され、一華の心も足取りも、みるみる重くなった。

「……そういうわけでは。単純に、相手が思ってたより小物だったから」

「なに言ってんの。こんな街中じゃ滅多に出会わないレベルの厄介な奴だったよ」

せめてもの抵抗もあっさりと一蹴され、一華はついに黙り込む。

しかし。

「まぁそれも当然か。君、蓮月寺の超サラブレッドだもんね」

そう結論付けられた瞬間、――どんなに逃げても所詮血は争えないのだと、すでに割り切っていたはずの思いがぶり返し、心の中がスッと冷えていくような感覚を抱いた。

「……やめてよ」

驚く程冷たい声が出てしまい、一華はたちまち我に返って翠の様子を窺う。

しかし、翠はとくに気にする様子もなく、一華の前に携帯を掲げて見せた。

「とりあえず、連絡先教えてよ」

「は……？」

「お試しは完了ってことで、本格的に協力してもらいたいから」

「…………」

「言い忘れてたけど、もちろん相応の報酬は払うからね」

「…………」

「……一華ちゃん？」

やはり自分は「お試し」に合格してしまったようだと、現実を突きつけられて愕然とする一華に、翠はやや不安げに瞳を揺らす。

「えっと、教えたくない……？　でも、教えてくれたら仕事中に押しかける必要もなくなるしさ……」

散々脅しておきながら、子犬のような表情で顔色を窺ってくる様子には、思わず全身から力が抜けた。

「確かに、仕事中に来られるのは最悪だわ」

渋々携帯を取り出すと、翠はパッと表情を明るくし、早速自分の連絡先を表示させて一華の方へ向ける。そして。

「霊は幻覚だって説、一緒に現実にしよう！」

さも嬉しそうに、うんざりするようなセリフを口にした。

さらに脱力した一華は、手早く連絡先の交換を済ませて携帯を仕舞う。

「……とにかく、今日は異常に疲れてるから帰る。続きはまた別の日にして」

「じゃあ、家まで送るよ」

「余計疲れそうだからいい。じゃあね」

酷いと笑う翠に一華はあっさりと背を向け、すぐ先にある東京メトロの入口から地下へ下りた。

ホームに着くと同時に急行電車が到着したけれど、あまりの人の多さに今日ばかりは乗る気が起こらず、各駅停車を待つことにして柱に背中を預ける。――そのとき。

ふいに、ポケットの携帯がメッセージの受信を知らせた。

交友関係があまり広くない一華に連絡してくる人間はそう多くなく、大概は高輪か、もしくは兄の嶺人。

嶺人からの連絡には面倒な内容が多く、できれば高輪でありますようにと願いながら、一華は携帯を取り出す。

しかし、受信通知に表示されていたのは、ついさっき連絡先を交換したばかりの翠の名前だった。

なんだか嫌な予感がして、一華は通知をタップする。——瞬間、頭が一気に真っ白になった。

翠から送られてきたのは「これからよろしく。ちなみに、演技はいまいちだね」というごく短い文面。

演技とはまさか〝無能判定計画〟のことだろうかと、思い至るやいなや恥ずかしさが込み上げ、顔が一気に熱を帯びた。

名案だと思い込み、頑張って誤魔化していたぶん余計に居たたまれず、眩暈すら覚える。

「嘘でしょ……、気付いてたの……？　いつから……？」

ついひとり言が零れ、電車を待つ人たちからの視線が刺さったけれど、そのときの一華には、いちいち気にする余裕なんてなかった。

無理やり冷静さを取り戻しながら改めて考えてみれば、翠はああ見えても一応探偵であり、人より観察力が優れていても不思議ではない。

もっと言えば、交差点で霊を見つけたあのとき、一華が演技をしているとわかった上で、手を抜かせないためにあえて慎重ぶって一華を苛立たせたのではないかと、今となってはそう思えなくもなかった。

どんどん飛躍していく妄想が止められず、一華は一旦頭を切り替えようと、携帯をポケットに押し込む。

瞬間、ポケットの中に入れていた試験管が、カチンと小さな音を鳴らした。

割れたらおおごとだと一瞬肝が冷えたものの、こっそり確認してみると試験管は無傷で、一華はほっと胸を撫で下ろす。

しかし、安心したのも束の間、今度は無性に腹立たしさが込み上げてきた。

「元はといえば、この霊のせいで……」

せめてスクランブル交差点でなければ、少なくとも翠を感心させる程のスピードで片付ける必要もなかったのにと、一華は霊にとっては理不尽でしかない怒りを込めて試験管を握る。

「こいつだけは、速達で嶺人のところに送ろう……」

ただ、いくら八つ当たりをしたところで気持ちが晴れることはなかった。

やがて次の電車が到着し、一華はドアの近くに立つと、イヤホンを耳に差し込み、音楽は流さず無音に浸りながら電車の揺れに身を任せる。

そうしているうちに、あれだけ荒れていたはずの心が次第に凪いでいくような感覚を覚えた。

普段から乗り慣れた電車の雰囲気や揺れにはそういう効果があるのかもしれないと、一華は密かに思う。

とくに帰り道は、これに乗ってさえいれば家に帰れるという安心感も加わってか、気持ちがより安定する気がした。

かたや、人生に関しては、まさに今日わけのわからないレールに無理やり乗せられてしまったばかりで、思い返すだけで憂鬱だった。

しかし、一方で、そのわけのわからないレールのずっと先に、翠が一華を揶揄して言った〝理想郷〟が本当にあったりして——、と。ぼんやりと、おかしなことを考えている自分がいた。

第二章

その日、大学生の浦野雄大《うらのゆうだい》がアウトドアサークルの仲間たちと計四人で向かっていたのは、山梨県の河口湖《かわぐち》に程近いキャンプ場。

近々サークル内で新入部員歓迎キャンプを行うため、その下見という名目が一応はあったけれど、気心知れた男女各二名ずつでの決行が決まったそのときから、誰もが目的など忘れて盛り上がっていた。

道中はその盛り上がりがまさに最高潮であり、高速での渋滞などものともせず、ジャンケンに負けて運転担当となった雄大以外は早くも酒を飲みはじめる。

週末に河口湖へ向かう高速での渋滞は想定内だが、その日は事故による車線規制まで重なったことで予定が大幅に遅れ、三人は到着を待たずしてずいぶん酔いが回っていた。

そんな中、ある意味当然というべきか、後部シートに座っていた真奈《まな》がトイレに行きたいと言い出す。

この状況ではいつ次のパーキングエリアに寄れるか予想がつかず、困り果てた雄大は、パーキングエリアより手前にあった高速出口で下道に下り、コンビニを目指した。予定はさらに狂ってしまったけれど、正直、このメンバーにおいてこれくらいのトラブルは日常茶飯事であり、雄大もすっかり慣れている。

やがてコンビニに到着すると、三人はトイレのついでに追加の酒を買い込んで戻ってきて、雄大は呆れながらもふたたび出発した。そのとき。

「高速に乗ったってどうせまだ渋滞してるし、このまま下道を通って、近道探しながら行かない？」

そう提案したのは、助手席に座っていた由香里《ゆかり》。

すでに日は暮れはじめており、普通に考えればそんなことをしているような状況ではないが、酒の入っている二人は迷いもせずに賛成した。

結果、三人に押し切られるまま、雄大はカーナビを下道のルートに設定しなおす。

しかし、改めて出発したのも束の間、由香里がカーナビのディスプレイを指差しながら、雄大の肩を叩いた。

「ねえねえ、この細い道通ってみようよ。絶対河口湖まで最短じゃん！」

見れば、最短ルートと呼ぶには怪しいが、確かに目的地方面へ向けて細い道が走っていた。

とはいえ、それは明らかに山を突っ切るように通っており、その上、ささくれ立つように途中で何度も枝分かれしている。

少なくとも、一般人が普通に利用するような道とは思えなかった。

「いや、さすがにこんなとこ通ったら迷うって……。枝分かれした先はどれも曖昧に途切れてるし、もしバックも難しいような道で突き当たったら詰むよ」

さすがの雄大も賛成できず、即座に由香里の提案を却下する。

しかし、それを聞いた後部シートの二人が大ブーイングをはじめ、ついには「遭難したらそこでテントを張ればいい」と滅茶苦茶なことを言いだす始末で、結果、雄大は三人に従い渋々山道に入った。

異変が起こったのは、それから間もなくのこと。

山道の独特な雰囲気に触発された三人が誰からともなく怖い話をはじめ、後部シートの隆也《たかや》が山道のトンネルにまつわる話を語りはじめた、そのとき。――突如、目線の先に、今まさに話に出てきたような古いトンネルが現れた。

その偶然に、雄大以外の三人はさらにテンションを上げる。

内心、隆也の話にすっかり怯えていた雄大は通りたくなかったけれど、かといって引き返すわけにもいかず、仕方なくトンネルの中へ車を進めた。

そして、ものの数十秒も経たないうちに、雄大は、由香里の様子に違和感を覚える。

というのは、ついさっきまではしゃいでいたはずの由香里が不自然に黙り込み、皆の会話に相槌ひとつ打たなくなったからだ。

気になってルームミラー越しに確認すると、カーナビの明かりに照らされた由香里の表情は、明らかに強張っていた。

「由香里、どうした……？」

声をかけたものの、返事はない。

真奈と隆也も由香里の異変に気付いたのだろう、ふざけ半分に、背後から由香里の肩を揺らした——瞬間。

由香里は、あまりにも唐突に、狂ったように悲鳴を上げはじめた。

雄大は咄嗟に車を端に停めてエンジンを切り、落ち着かせようと由香里の腕に触れる。しかし、由香里は両手を激しく振り回してそれに抵抗した。

「お、おい、由香里……！」

「え、なに、どうしたの……？」

その只事ではない様子に真奈や隆也も酔いが醒めたのだろう、暴れだした由香里を羽交い締めにし、何度も名前を呼ぶ。

しかし悲鳴は止まらず、耳を裂くような金切り声がトンネルの中に繰り返し響き渡った。

状況が変化したのは、二、三分が経過した頃。

由香里はまるで電池が切れたかのように動きを止め、ぐったりとシートに沈み込んだ。

呼びかけても反応はなく、雄大はとにかく病院に連れていかねばと、慌てて車のキーを回す。

けれど、何度やってもエンジンはかからず、やがてカーナビ画面もプツリと消えてしまった。

この状況で車が動かないとなればもう助けを呼ぶしかなく、雄大はポケットから携帯を取り出す。

しかし電波は入らず、他二人の携帯も同じく圏外だった。

「なんなの、これ……、由香里は変だし、車はいきなり壊れるし、そんなことあり得る……？」

真奈はもはや半泣きで、隆也がその背中を摩《さす》る。

さっきまで賑やかだった車内はあっという間に混沌とし、雄大もまた、過去に経験がないくらいに動揺していた。

それでも、唯一素面の自分がしっかりしなければと、混乱した頭を無理やり働かせる。

そして。

「トンネルの外なら電波が入るかもしれないから、俺、行って確認してくる」

そう言い残し、早速ドアを開けた。しかし。

「真っ暗なのに一人じゃ危ないよ……！　由香里の意識が戻るのを待って、みんなで行こうよ……！」

慌てて雄大を止めたのは、真奈。

もちろん、こんな薄気味悪いトンネルを一人で歩くなんて雄大も遠慮したいが、今はそんなことを言っていられる状況ではなかった。

「由香里になにが起きたのかわからないし、できるだけ早く病院に連れて行った方がいいと思う。携帯さえ繋がればなんとかなるし、急いで行ってくるよ」

宥《なだ》めるように言うと、真奈は不安げに瞳を揺らす。そして。

「じゃ、じゃあ、私も行く……。隆也はここで由香里を見てて……」

隆也にそう伝えたかと思うと、返事も待たずにドアを開けた。

「は？　俺、こんなところで待つの？」

「だって、雄大一人に行かせられないじゃん……」

隆也はかなり不満げながらも、渋々頷く。

結果、雄大と真奈の二人が、携帯の明かりを頼りに来た道を引き返すことになった。

しかし、ずいぶん歩いても一向に出口に辿り着かず、雄大は徐々に違和感を覚える。

「出口、遠くない……？　車を止めたのって、トンネルに入ってすぐじゃなかったっけ……」

真奈も同じことを考えていたのだろう、不安げな呟きを零した。

「きっともうすぐだよ。外が暗いから出口は見えないけど、多分」

雄大は、努めて気丈にそう答える。そうでもしないと、延々と暗闇が続く恐怖に心が押し潰されそうだったからだ。

さっきは二人に強気なことを言ったけれど、今となっては、真奈が一緒でよかったと心底思っていた。

雄大は、トンネルさえ出ればすべて解決すると自分自身に言い聞かせながら、注意深く足を進める。

そして、――ふと、真奈がやけに大人しいことに気付いた。

「……真奈、大丈夫？　結構飲んでたし、気持ち悪くなってない？」

声をかけたものの、返事はない。

ただ、斜め後ろから聞こえる真奈の足音には、とくに変化はなかった。

「真奈？」

雄大はもう一度名前を呼ぶ。

けれど、やはり、返事はない。

「真奈ってば」

続く無言に言い知れない不安が込み上げ、雄大はついに足を止める。そして、携帯の明かりを背後に向けた——瞬間。

「…………」

頭の中が、真っ白になった。

明かりに照らされていたのは、——全身ずぶ濡れの女。

血管が透けて見える程青白い頰に濡れた髪がべったりと貼り付き、その隙間から覗く血走った目が、まっすぐに雄大を捉えていた。

＊

「——それ以降のことは、正直、全然覚えていないんです」

宮益坂メンタルクリニックのカウンセリングルームで、雄大はその言葉を最後に自らの体験談を締め括った。

「覚えていないというのは、どうやって戻ってきたかも？」

正面に座る一華は親身に頷きながら、雄大のカップに二杯目のコーヒーを注ぐ。

「はい。気付けば病院にいました。後から聞いた話ですが、僕はトンネルから少し離れた場所でうずくまっていたらしく、偶然通りかかった地元の方が警察を呼んでくれたそうです。僕は、トンネル、トンネルってうわ言のように繰り返していたそうで、トンネルを捜索した警察が、すぐに他の三人も発見したと……」

「みなさん、ご無事でしたか?」

「無事というか……、真奈はトンネルの中で、隆也と由香里は車の中で、いずれも気絶した状態で見つかったそうです。……すぐに意識は戻りましたが、三人とも少し精神を病んでしまって、会話ができるような状態ではありません。なので、全員実家で療養中です。親御さんから聞いた話では、大きな精神的ショックを受けたことによる一時的なもので、必ず回復すると医者から言われているようですが……」

雄大はそこまで話すと、深く俯いた。

おそらく、自分でもまだ理解が追いついていないのだろう、微妙に震える声に強い戸惑いが滲んでいる。

「なるほど……、強い精神的ショック、ですか」

一華はあくまで冷静に相槌を打つ。——しかし、本音を言えば、頭を抱えていた。

というのは、雄大が語った内容が紛うことなき心霊現象であると、確信していたからだ。

雄大がトンネルの中で視た女の霊とは、長い年月彷徨い無念を増幅させ続けた、もっとも厄介な部類の霊なのだろうと一華は思う。

車に不具合が出る程の強い霊障を起こした上、全員の前に姿を現し精神に異常をきたす程に怯えさせるなんて、そこらの霊にできることではない。

あくまで一般的には、ふざけ半分で心霊スポットを訪れるような人間がこういう稀代な事態に陥りがちだが、そういうタイプはそもそも霊の存在を肯定しているため、大概がカウンセリングなど受けず寺や神社に直行するものだ。

そして雄大が語ったのはそれと同等の、——もはや日常生活の中でぼんやり視えてしまったというレベルをとうに超えた話であり、ここまでくれば、幻覚だと説き伏せるのは困難を極める。

しかし。

それから雄大が口にしたのは、一華の想像とはまったく違う要望だった。

「僕は、かろうじて普通に生活できていますが……、でも、あの女を視たときのことを思い出すと恐怖が蘇ってきて、眠れなくなるんです。だから、いっそのことすべて現実ではないと否定してもらって、自分でもそう納得したいんです。……ネットで見たんですが、泉宮先生はすべての霊を幻覚だと言いきる理屈をお持ちなんですよね？　だったら、僕のことも納得させてくれませんか……？」

つまり雄大は、幽霊を視たという明確な自覚と明瞭な記憶を持ちながら、それを全否定してもらうことを望んでいるらしい。

「幻覚だったと思いたい、と」

「はい。僕は元々理系の人間でリアリストですし、理屈さえわかれば納得いく気がして。ただ、きっと他の三人も、僕と同じように怖いものを視て気絶したんじゃないかと思っていて……、同じ場所とはいえ別行動中に、それぞれが気絶するくらいの体験をするなんてことも、説明がつくんでしょうか……？」

ずいぶん特殊な相談だと、一華は思う。

だとしても、霊をいっそ幻覚だと思いたいという気持ちには共感できる部分が多く、同情せずにはいられなかった。

「そういうことでしたら、遠回しな説明を避け結論から言いますが、ご心配なさらずとも、浦野さんが見たものは幻覚です」

事情が事情だけに遠慮なくそう言うと、雄大の目にかすかに安堵が揺れる。

「本当、ですか」

「ええ。なにより、浦野さんたちの当時の状況には、幻覚を見てしまう心理的条件が揃いすぎていますから」

「条件……？」

「はい。まずは、道中に盛り上がったという怖い話。恐怖心はただでさえ冷静な判断力を奪いますので、そこですでに素地が出来上がっていたと考えられます。いわば、催眠術をかける前の、予備催眠のような。……その上、話に出てきた通りのトンネルを見つけてしまったとなれば、聞いたばかりの情報と現実が入り混じり、強い想像力が勝手に働きます。加えて、浦野さん以外は飲酒をしていましたよね。それだけ状況が揃えば、目に映った動くものすべてが、脳内で怖ろしいものに変換されても不思議ではありません。ちなみに、私の経験上、幽霊を視たと訴える方のほとんどが飲酒後であり、その正体は大概、風で枝を揺らす木や、店ののぼりだったりします。酔っているときはとくに、当たり前にそういう見間違いが起こるのです。由香里さんは、たとえば車のライトの反射などを、脳内で怖ろしいものに変換してしまったのでしょう。あまりに条件が揃っていたせいで、我を忘れる程の恐怖を覚え、意識を失ってしまい、――それがまた、残りの三人の恐怖心をさらに煽ったのです」

「つまり、車に残った隆也も、由香里と似たような理屈で幻覚を見たってことでしょうか」

「おそらく。心霊現象を疑うような状況の中、話し相手もいない真っ暗な車の中で待つなんて、正気を保つのはただでさえ大変です」

「それは、確かに……。ただ、僕は素面だったので、彼らとは状況が……」

「ええ。ですが、怖い話から始まり、トンネルに車の故障に由香里さんの異変と散々精神を削られた上、なかなかトンネルを出られないという不安と、素面の自分がしっかりしなければという責任感までがのし掛かった当時の浦野さんは、相当な緊張状態にあったはずです。もはや、なにが見えてもおかしくありません。ですので、おそらく浦野さんが霊だと思った女性は真奈さんです。明かりに反射して白く浮かび上がった真奈さんの顔と、浦野さんが潜在的に持つ怖ろしい記憶が、——具体的には、テレビや映画などで見た幽霊のイメージが、あまりの恐怖心によって混濁してしまったのでしょう」

「……そんな、ことが」

「あります。そして、おそらくそのとき、つまり明かりを向けられたタイミングで、真奈さんにも同じようなことが起こったのだと考えられます。だとすれば、トンネルの中で気絶していたという話とも辻褄《つじつま》が合いますし」

内容が内容だけに、論理がいつもより強引になってしまっている自覚はあったけれど、一華の説明に真剣に耳を傾ける雄大の顔には、わずかに血色が戻っていた。

雄大にとっては真実云々《うんぬん》よりも、幻覚として説明がつくかどうかがもっとも肝心なのだろう。

しかし。

「……だったら、車が動かなくなったのはどうしてでしょうか……。機械の故障と僕らの精神状態は関係ありませんよね……」

最後に口にしたその問いには、これればかりはどうやっても説明がつかないだろうという小さな疑念が滲んでいた。

しかし、一華は表情を変えずに言葉を続ける。

「ちなみに、車は今もまだ動きませんか？」

「いえ……、実は、その車はサークルの先輩から借りたもので、後日ロードサービスに回収を依頼して返却したのですが、どこにも不具合はないと……」

「でしたら、単純なことです。混乱して慌てて車を停めたとのことでしたから、ギアをドライブに入れたままエンジンを切ってしまったのではないかと」

「そんな凡ミス……」

「もちろん事実はわかりませんが、可能性としては十分に考えられます。それに、少なくとも心霊現象よりは信憑性が高いと思いませんか？」

「それは、……確かに。じゃあ、すべては自分自身の精神状態が原因だったってこと、ですよね……？」

「ええ。聞いていただいた通りすべて説明がつきます。もちろん他の三名のカウンセリングをしたわけでも、ましてや現場にいたわけでもないので推測に過ぎませんが、私は、自分がお話しした内容に自信を持っています」

「なる、ほど。……ちなみに、変なことを伺いますが、先生はまったく信じていないんですか？　その、……幽霊、とか」

「ええ。すべて幻覚ですから」

「……そっか」

はっきり頷いた一華に、雄大は初めて柔らかい笑みを浮かべた。

おそらく一華と話す中で、すべて幻覚だったと自分自身に言い聞かせるための材料を揃えることができたのだろう。

すぐに切り替えることができなくとも、ひとつのキッカケにさえなれば、一華としては成功と言える。

「療養中のご友人たちも、きっとそれぞれケアを受けていらっしゃるでしょうが、もしお困りのようでしたらお連れくださいね」

「はい。親御さんがときどき様子を知らせてくれているので、今度それとなく聞いてみます」

「ご心配でしょうが、きっと大丈夫ですよ」

そう言うと、雄大はほっと息をついた。

同時に、一華はこのカウンセリングの終了を予感する。――しかし。

「ちなみに、余談なんですが……、車を貸してくれた先輩がトンネルに興味を持ってしまったようで、サークルの後輩を連れて心霊ツアーを計画してるみたいなんです。不謹慎だという自覚があるのか、僕にはなにも言ってきませんが、噂で聞いて」

終了間際に雄大がサラリと口にしたのは、ずいぶん不穏な報告だった。

「心霊ツアー、ですか」

「はい。……なので、万が一先輩が変な幻覚を見ちゃった場合は、泉宮先生をお薦めしておきますね」

「……そう、ですね。ぜひ」

かろうじて笑みを繕ったものの、一華の心中は決して穏やかではなかった。

雄大からの相談でも序盤で危惧したように、はっきり霊を視たと訴えるような、いわゆる霊肯定派の人間に、幻覚だと言い聞かせるのは困難を極めるからだ。

当然、「幻覚だと納得させてほしい」なんて特殊な要望をしてきた雄大とは、話が変わってくる。

一方、雄大は動揺する一華を他所に、ずいぶんスッキリした表情で立ち上がった。

「では、今日はありがとうございました。また悩んだら相談に乗ってください」

「ええ、もちろん。――ちなみに」

「はい」

「どこなんですか？……その、トンネル」

「……はい？」

「ただの、興味本位なんですが」

さぞかし訝しむだろうとわかっていながらも、無性に嫌な予感が拭えず、聞かずにはいられなかった。

一華がもっとも避けたいのは、雄大が心霊ツアーとやらの参加者から、自分と酷似した目撃談を耳にしてしまう事態。

そんなことになってしまえば、幻覚であるというようやく納得しかけた結論に、疑念が生じてしまうが、心霊ツアーの参加者が同じサークルのメンバーとなれば、それを想定しないわけにはいかない。

もちろん、場所を聞いたところでなにができるわけでもないが、情報として聞いておくべきだと、一華はあくまで平静を装い雄大を見上げた。

雄大は不思議そうな表情を浮かべながらも、すぐに携帯を取り出し、マップのアプリを開いて一華の方へ向ける。

「細かい場所は曖昧ですけど、トンネルは、この細い山道の途中だと思います。よかったら、エアドロップで送りましょうか」

「ええ、ありがとうございます」

一華はマップの受信を確認すると、ソファから立ち上がった。

そして、深々と頭を下げて去っていく雄大を見送った後、デスクに戻って大きな溜め息をつく。

「心霊ツアーって……。なんでわざわざそんなやばそうなとこ行くかな……」

思わず零れる、ひとり言。

それも無理はなく、代々霊能力者の家系である一華の実家では、夜の山に用もなく行くものではないという暗黙の了解があり、とくにトンネルのような狭く暗い空間には厄介な地縛霊が集まりやすいとされている。

そういう場所では、霊感がない人間ですら多少なりとも影響を受け、最悪の場合はタチの悪い地縛霊に憑かれ、命を落としかねない。

しかし、残念ながらその危険性を理解している者はほとんどおらず、実家の蓮月寺でも、心霊スポットへ行ってから体調がおかしいという相談が絶えない。

「心霊ツアーの参加者たちになにごともないといいけど、難しいか……。四人同時に心霊体験するなんて、どう考えても相手が悪すぎ……」

一華は雄大から送ってもらったマップを眺めながら、ブツブツと呟く。

そのとき、突如ディスプレイに新規メッセージの通知が表示され、一華の肩がビクッと跳ねた。

「び……っくりした……」

極端な反応をしてしまうのは、メッセージをやりとりする習慣がないため。

正確には、数日前までなかったため。

ここ最近、一華の携帯には頻繁に、しかもたいした意味のないメッセージが届くようになった。

相手はもちろん翠。

連絡先を交換してからというもの、たとえ一華が既読無視をしようとも、翠はお構いなしにメッセージを送ってくる。

約束を忘れるなと暗に主張しているつもりだろうかと、一華はうんざりしながら惰性でメッセージを開く。――そして、思わず息を呑んだ。

なぜなら、開いたメッセージ画面に綴られていたのは、「そのトンネルに行きたい」という、もはや雄大との相談を聞かれていたとしか思えない一文。

「は……？」

混乱するよりも先に怒りが込み上げ、一華は次のカウンセリング予約まで時間が空いていることを確認し、勢いのまま翠に電話をかけた。

そして。

「――あんた、盗聴してんの？」

電話が繋がるやいなや、一華は挨拶も省略して威圧的に糾弾する。

かたや、翠は可笑しそうに笑った。

「やめてよ。そんな怖いことするわけないじゃん」

「じゃあ、どうやってトンネルのことを知ったの」

「式神だよ。一華ちゃんに勝手についていっちゃったみたいで」

「は？　式神ってまさか、田中……」

式神と聞いて真っ先に思い出すのは、翠とここで初めて会ったときに視た、田中という名の元地縛霊。

翠が契約しているという話だが、その見た目はあまりに不気味であり、自分についてきたと聞いた途端にたちまち血の気が引いた。

「ちょっ……、なんてことしてくれるのよ……」

慌てて抗議すると、翠はふたたび笑い声を上げる。

「大丈夫だって、もう戻ってきたから。ちなみに、田中さんじゃないよ。もっと可愛いやつ」

「ならよかっ……じゃなくて、ついてきたって言うけど、どうせ監視させてるんでしょ。それって盗聴と変わらないから」

「人聞き悪いなぁ。……まぁともかく、トンネルの件を話したいから、仕事が終わったら連絡してよ」

翠は一華が責めてもまったく悪びれることなく、どんどん話を先に進めていく。

ついついペースに流されてしまいそうになるけれど、ただ、今日ばかりはそういうわけにはいかなかった。

「先に言っておくけど、トンネルなんて絶対行かないから」

「なんで？」

「こっちのセリフでしょ。なんでわざわざ行きたいのよ」

「そりゃ、そのトンネルの霊が、俺の視力を奪った霊に関係するんじゃないかって思ったから」

「え……？」

「とりあえず、後で詳しく話すから、連絡してね」

「ちょっと待っ……」

止めたものの通話はすでに切れていて、あまりにマイペースな翠に一華の苛立ちがさらに膨らむ。

ただ、ひとたび冷静になって考えてみると、もしトンネルの霊をなんとかすることができたなら、雄大の先輩たちが開催する心霊ツアーを案じる必要がなくなるという、一華にとって都合の良い面もあった。

さらに、トンネルの霊が翠の視力を奪った犯人だった場合は、解決するとともに、脅迫で成り立っているこの理不尽な関係を断つことができる。

「引き換えに得るものが、意外に大きいな……。特に、後者……」

翠から届いたメッセージを目にしたときは絶対に嫌だと思ったけれど、気付けば一華の頭の中では、得体の知れない恐怖と自分の人生を載せた天秤が、微妙なバランスを保っていた。

──しかし。

「は……？　根拠が、ない……？」

退勤後、一華は待ち合わせ場所として指定した渋谷ツタヤのスタバに着くやいなや、翠の視力を奪った犯人がトンネルの霊であるという考えに至った根拠を尋ねた。──ものの。

翠から返されたのは「ないよ」というたったひと言だった。

「うん、明確な根拠はない」

「ふざけてんの？」

「いや、大真面目。そもそも俺、視力を奪われたときの前後の記憶がないし」

「記憶がないって、犯人の姿を覚えてないってこと？……つまり、電話で言ってた、トンネルの霊が翠の視力を奪った霊に関係するかもって話は、嘘……？」

ふつふつと怒りが込み上げ、語尾がわずかに震えた。

翠はそんな一華の様子にさすがに焦ったのか、慌てて首を横に振る。

「いやいや、嘘はついてない！　記憶はないけど、結果から察するに俺じゃ歯が立たなかったわけだから、手がかりはつまり〝やばい霊〟なわけ。それを踏まえて、トンネルの霊の話もかなりやばそうだったなって」

「それ、だけ？　つまり〝やばい霊〟は総じて犯人候補ってこと……？」

「え、駄目……？」

「一応聞くけど、あなたでは歯が立たない霊が、どれくらい存在する想定なの？」

「どうだろ。視力があった頃の俺は超無敵だったと思ってるけど」

「……その超無敵が、むざむざと視力を奪われたわけじゃない。それでもその認識は更新されないの？」

「痛いとこ突くじゃん」

「…………」

どこまでもふざけた態度の翠を見ていると、怒りを通り越し、強い眩暈を覚えた。

同時にやりきれない思いが込み上げ、一華は額を手で覆い、深く俯く。

「い、一華ちゃん？　どした……？」

「……なんだか、嫌になってきちゃった。自分が情けなくて」

「情けないって、なにが……？」

「どうしてこうも上手くいかないんだろうって。……私はただ、霊とは関わりのない世界で普通に生きたいって願ってるだけなのに。……結局、現実逃避なんかじゃ運命には抗えないってこと……？」

解放されることへの期待が思ったよりも膨らんでいたのか、すっかり落胆した一華は、気付けば翠を前に弱音を吐いてしまっていた。

翠はさぞかし引いているだろうと、情けなさに加えてみっともなさまでもがじわじわと込み上げてくる。

心の中では、今ならまだ誤魔化せると、「なんでもないから気にしないで」のひと言でなかったことにできると思っているのに、ずっしりと重い頭がどうしても持ち上がってくれない。

すると、そのとき。

「ねえ、一華ちゃん」

翠はいつになく穏やかな声で一華の名を呼んだかと思うと、ゆっくりと手を伸ばし、頭にそっと触れた。

その、まるで壊れ物を扱うかのような優しく控えめな仕草に、――ふと、奇妙な懐かしさを覚える。

思い返せば、つい最近も同じようなことを考えたばかりだった。

あの日、なかば衝動的に「どこかで会ったことある？」と尋ねた一華に対し、翠はわずかな動揺を見せた。

あのときの様子から察するに、おそらく翠にはこの質問に答える気がない。

ならば自分で思い出すしかないと、一華は落ち込んでいたことすら忘れて勢いよく顔を上げる。——瞬間、ほっとしたように息をつく翠と目が合い、なぜだか心がぎゅっと震えた。

そして。

「今日ね、実はもうひとつ大事な話をしようと思ってたんだ」

翠は慰めるような口調でそう言う。

「大事な話……？」

「そう。脅迫じゃなく、正しい協力関係を築くための提案」

「言っておくけど、理想郷がどうのって話ならもういいから」

「あれは冗談だよ。ちなみに、一華ちゃんは自分の霊能力が消えちゃえばいいのにって望んだことある？」

「……なにそれ。非現実的すぎて、逆に考えたことないかも」

「それが、実は可能なんだ」

翠が口にしたのは、理想郷以上に冗談めいた話だった。

というのは、霊能力とは先天的なものであり、後天的に備わることも、逆に消えることもないというのが霊能力者界隈での常識だからだ。

だからこそ、そういう家系において後継ぎが生まれる際は、どれだけの資質を持っているかをもっとも重要視する。

「あり得ない、そんな話」

到底信じられず、一華は一蹴する。

けれど、翠はいたって真剣に、話を続けた。

「気持ちはわかるけど、嘘じゃないよ。消えるっていうか、正しくは精神のずっと奥の方に封印するって感じかな。そうすれば、霊能力どころか霊感もサッパリ消えて、もうなにも視えないし、感じなくなるんだって。つまり、霊とは無縁の普通の人として、生きていくことができる」

「普通の、人として……」

「うん。現実逃避なんかじゃなく、本当の意味でね」

「………」

〝普通の人〟という言葉にどれだけ憧れてきただろうと、一華は思う。

実家を出て以来、必死に普通を装って生きてきたけれど、そうすることで逆に、勝手に視界に入ってくる霊たちをないものとしてやり過ごすことの難しさを、嫌と言う程思い知った。

霊を否定したくて臨床心理士になったというのに、いつからか相談者に憑いた霊の回収に勤しむようになり、ついには心霊専門カウンセラーと噂されるようになってしまった現状が、すべてを物語っている。

しかし、もし実際に視えなくなった場合は、もう霊と関わることはなくなり、気を揉む必要もなくなる。

考えれば考える程に翠の言葉が魅力的に感じられ、鵜呑みにすべきでないとわかっていながらも、一華には膨らみはじめた希望を抑えることができなかった。

「霊能力を封印するなんて話、実家にいた頃ですら聞いたことがないんだけど……、本当に、いるの？　そんなことができる人」

一華は期待が声に滲まないよう気をつけながら、そう尋ねる。

するとと、翠はあっさりと頷いてみせた。

「うん。知り合いにいる」

「翠の知り合いに……？　なんか、途端に怪しいんだけど……」

「大丈夫。封印した前例がいくつもあるし、実際に俺も目の当たりにしてるから。まぁ見せられるような証拠はないんだけど、そもそも一華ちゃんには脅迫の効果が十分あったわけだから、今さら俺がこんな嘘つく必要なくない？」

「…………」

確かに、その言葉には説得力があった。

すでに協力せざるを得ない状況にある一華に対し、今さらこんな、いかにもおあつらえむきな嘘を用意する必要はない。

「じゃあ、仮にそれが事実だったとして、……つまり、私が翠の視力を取り戻すのに協力すれば、その人を紹介してくれるってこと？」

「うん。それなら脅迫にならないでしょ？」

「でも、どうして脅迫する前にその条件を出さなかったの」

「そりゃ、お試しの段階じゃ言えないじゃん」

「…………」

つまり、食いつくとわかりきった条件をチラつかせた後で、もし一華が使えなかった場合、たとえば付き纏われるなどの面倒が起こりかねないと考えたのだろう。

そんな懸念をされていたと思うと腹立たしいが、気持ちが高揚しはじめている今の一華にとっては瑣末な問題だった。

「どう？　少しは前向きになった？」

まだ返事をしていないというのに、翠は一華の表情の変化から確信したのだろう、満面の笑みを浮かべる。

一華はあえてひと呼吸置き、あくまで渋々を装いながら頷いた。

「……わかった。でも、嘘だったら許さないから」

「オッケー！　じゃあこれからは、対等な協力関係ってことで！」

この期に及んで返事は軽々しいが、嬉々として片手を差し出す様子には、なんだか調子が狂った。

いろいろと掴めない部分の多い男だけれど、その緩んだ表情から察するに、脅迫によって成り立っている関係性には少なからず抵抗感があったのだろう。

思っていたより善人なのかもしれないと、一華は思う。

しかし。

「じゃあいつ行こっか、トンネル」

そのセリフで、一気に現実に引き戻された。

「あのさ、本気で行くの？　やばい霊ってことだけを頼りに……？」

「行くよ。その情報だけで十分」

「しつこいようだけど、やばい霊なんていくらでもいるじゃない」

「うん。情報が入り次第全部行く」

「…………」

たった今対等な協力関係が成立したばかりだが、「全部行く」と淀みなく言う翠を見て、一華の心には早くも後悔が過っていた。想定していたよりも、割に合わない約束をしてしまったかもしれないと。

とはいえもはや手遅れで、翠はまるで旅行の計画でも立てるかのように、上機嫌で携帯のカレンダーを開いた。

「ちなみに、……翠は、そんな地道な方法で本当に見つかると思ってる？」

どうしても納得がいかない一華は、さらに質問を重ねる。

すると、翠は携帯から視線を外さずにあっさりと頷いた。

「うん。っていうか、それ以外に方法ないから。そもそも、やばい霊の情報を集めるために心霊案件専門の探偵やってるわけだし」

「え、そうだったの……？」

「そうだよ。これといった手がかりがない中で闇雲に探すよりはマシでしょ」

「なるほど……、そういう……」

なるほどとは言ったものの、一華に言わせれば、そんな方法で多少の情報を集めたところで、途方もない話であることに変わりはなかった。

どうやら霊能力を封印してもらうのはずっと先になりそうだと、一華は落胆する。

「……っていうか、視えることってそんなに重要？」

呑み込みきれない不満を零すかのごとく、素朴な疑問を投げかけた、そのとき。

翠は思いの外、わかりやすく瞳を揺らした。

「……重要だよ。めちゃくちゃ重要」

「どうして？」

「どうして、って」

珍しく戸惑っているように見え、一華は首をかしげる。

言い辛い事情があることだけは察したものの、翠の素性をまったく知らない一華には想像もつかなかった。

結局、翠はよくやるように質問をなかったことにし、一華の目の前に携帯のディスプレイを掲げる。

「日程なんだけど、今週の土曜はどう？」

「…………」

ずいぶん雑な誤魔化し方だが、とはいえ一華に無理やり詮索する理由はない。

仕方なく頷くと、翠はさっきの戸惑いをすっかり消し飛ばし、満足そうに笑った。


土曜日。

早朝に鳴り響いた着信音で目を覚ました一華は、どうせ翠だろうと発信元の確認すらせず、苛立ちながら通話ボタンをタップした。

しかし。

「ちょっと……、いったい何時だと思って――」

「一華、おはよう」

よく知る声に名を呼ばれた瞬間、一華は一気に覚醒し、ガバッと体を起こした。

「れ、嶺人……」

電話をかけてきたのは、兄・嶺人。

兄と言っても七歳歳が離れている上、蓮月寺の跡継ぎとして特別手をかけて育てられた嶺人とは、いわゆる普通の兄妹のような打ち解けた関係ではない。

それどころか、母家で暮らす嶺人と離れで暮らしていた一華は会う機会が極端に少なく、たまたま見かけて話しかけようとしたところで、いつも嶺人の世話係の小僧から「嶺人様はお忙しいので」と制されていた。

そんな日々を送る中で、一華は気付いていた。

直接的に説明されたことはなくとも、蓮月寺において後継となる長男はもっとも大切な存在であり、それ以外の子供とは別格なのだと。

ついでに言えば、一華のように女として生まれた子供は、いずれ蓮月寺のような家へ嫁ぐための教育を受け、そこで、高い資質を持った後継を産むことが務めとなる。

そんな時代錯誤のしきたりを現代まで頑なに受け継いでいる蓮月寺だが、それでも、一華が臨床心理士を目指したことや、県外の大学を選び家を出たことも含め、近年はそれらが叶う程度には軟化しているらしい。

もちろんそれらも一筋縄ではいかなかったが、母曰く、ひと昔前の蓮月寺では女が家の外で働くなんてことは絶対に許されなかったのだという。

ただ、少々軟化していようが、一華にとって実家はただただ窮屈な場所でしかなかった。

ともかく、そうして逃げるように家を出た一華をもっとも心配したのが、まさに嶺人。

同じ敷地内で暮らしていたときはまともな会話すらままならなかったというのに、逆に家を出てからは、電話やメールなどの周囲にバレない方法を使い、頻繁に連絡がくるようになった。

嶺人なりに、自分より明らかに扱いの劣る妹に後ろめたさを感じていたのだろう。

しかし、困ったことはなんでも相談してくれと、強めの圧で頻繁に申し出てくるため、もはやなにか頼まなければこの勢いは収まりそうにないと考えた一華は、捕獲した霊を祓ってもらえないかとお願いをした。

そういう経緯で、一華は定期的に嶺人宛に禍々しい荷物を郵送している。

「ど、どうしたの、こんな朝早く……」

一華は妙な緊張感からベッドに正座をし、改めてそう尋ねる。

一方、嶺人は一華の声を聞いてどこかほっとしたように笑った。

「いや、報告をしたかったんだけど、なかなか時間が取れなくて」

「報告……?」

「そう。一華がひとつだけ速達で送ってきた霊がいただろう? 急いでいるようだったから、気にしているかなと思って」

「あ……、スクランブル交差点の……」

それは他でもない、〝お試し〟で翠を手伝ったときに渋谷のスクランブル交差点で捕獲した霊のこと。

一華はあの後、本格的に翠に協力することになってしまった落胆と、一向に収まらない苛立ちのぶつけ先に困り、元凶となった霊を嶺人に速達で送りつけることで、気持ちをスッキリさせた。

とはいえ、ただの八つ当たりだったなんてもちろん言うわけにはいかず、一華は必死に動揺を抑えながらさも心配そうな声を出す。

「そ、そう、ちょっと厄介な霊だったからすぐに送ったんだけど、祓えた……?」

聞いておきながら、正直、答えはわかりきっていた。

現に、嶺人は電話の向こうで、さも余裕と言わんばかりの笑い声を零す。

「もちろん、あれくらいは造作もないことだよ。ただ、確かにいつもよりは少し厄介だったから、少し驚いたかな。よく捕まえたね」

「ま、まあ……、運良くというか、ギリギリというか……」

「そう。ただ、あまり危険なことはしないでほしい。蓮月寺の娘としての使命感が働くのもわかるけれど」

「使命、感……」

「うん？」

「い、いや、そうだね。わ、わかった」

嶺人はとても優しいが、生まれ育った蓮月寺に対して抱く誇りが一華とはまるで違い、まさにこういう部分に戸惑ってしまう。

言うなれば、嶺人は多くの人間によって作り上げられた、すべてにおいて完璧な、蓮月寺の象徴。

もはや、一華が距離を置きたくてたまらなかった蓮月寺そのものと言っても過言ではなく、いずれ当主となった暁には、一華の自由を奪う勢力にもなりかねない。

だからこそ邪険にもできず、こうしてたまにくる連絡では、できるだけいい妹を演じていた。

「それで、例の地縛霊だけど、どうやら車の事故で亡くなったようだよ。さぞかし長く彷徨ったんだろう、魂がすっかり歪んでいたから、これ以上放っておいたらもっと危険な存在になったかもしれない」

「そ、そっか、だったら捕まえといてよかったかもね……」

「そうだね。ただ、こういった危険な類の霊を見つけたときは、私を呼んでくれてもいいんだよ」

「呼ぶ……？　まさか、嶺人をこっちに……？」

「もちろん」

「バッ……」

「バ？」

「いや違……、えっと、そんなことできないよ、嶺人は忙しいんだから」

これ以上ないくらいに動揺しながらも、込み上げた「馬鹿じゃないの」だけはかろうじて呑み込むことができ、一華は心底ほっとしていた。

一華がそんな言葉を使うなんて夢にも思わないであろう嶺人は、言いかけた「バ」にはほぼ反応せず、上品に笑う。

「いつも私を気遣ってくれてありがとう。嬉しいけれど、私としてはもっと頼ってほしいくらいなんだ。だから、どうか遠慮しないで」

「う、うん、わかった。ありがとう」

「もし一華が困ったときには、なにがあってもすぐに駆けつけるから」

「う、うん……、わかった……、ありがとう……」

「じゃあ、また連絡するからね」

「また……」

重すぎる優しさの圧に押し潰されそうなタイミングで通話が終わり、一華はそのままベッドに倒れ込む。

嶺人のことが嫌いなわけではないが、単純に、苦手だった。

なにより、嶺人と話すと精神の消耗が著しい。

ひとまず二度寝で回復しようと、一華はそのまま目を閉じ、ゆっくりと呼吸を繰り返す。――しかし。

意識を手放しかけた、そのとき。

携帯が、ふたたび着信音を鳴らした。

渋々手にした携帯のディスプレイに表示されていたのは、今度こそ翠の名前。一華はやれやれと思いながら通話をタップした。

「なに」

「機嫌、悪……」

「どいつもこいつも朝早いのよ」

「どいつもこいつも？」

「……なんでもない。……で、なに？」

「そうそう、今日の作戦会議がしたいから、少し早く集合したいなって」

作戦会議と聞くやいなや今日の憂鬱な予定を思い出し、一華の心がまたさらに重くなる。

「作戦会議……」

「なに？　また慎重だって文句言う？」

一華は一瞬頷きかけたものの、しかしすぐに必要だと考え直した。

もちろん、いつもとは比較にならないくらいの危険が想定されることも理由のひとつだが、それだけではない。

ついさっき嶺人と話したことで、自分になにかあれば嶺人がここに来るかもしれないという危機感が生まれ、それが一華を過去にないくらい注意深くさせていた。

「言わない。そもそもだけど、翠がスクランブル交差点で見せた慎重さは、私を煽るための演技でしょ」

「まあ、煽ったってのは否定しないけど」

「……一回くらいは否定しなさいよ。で、何時集合？」

「じゃあ、三十分後に中目黒駅のドトールでいい？」

「は？　三十分後？　バッ……」

「バ？」

「馬鹿なんじゃないの？」

「……結局言うならなんで一回止めたの」

翠は不満げだが、思ったままを遠慮なくぶつけられる相手との会話は楽だと、一華は密かに思う。

「いや、……ごめん、言っていい相手だってことを一瞬忘れてた」

「謝るところ間違ってるけど、まあいいや。じゃ、二時間後なら十分でしょ？」

「はいはい、了解」

通話を終えた後、一華はなんだか疲労感を覚え、ベッドに体を投げ出したまましばらく身動きが取れなかった。

しかし、嶺人に続き、翠からの電話で消耗しきった体は多少休んだところで一向に回復せず、結局は無理やり体を起こして支度をはじめる。

そのときの一華の原動力となっていたのは、いつかこの霊能力を手放すことができるかもしれないという、曖昧ながらも唯一の希望。

それがなければもう半日は動けなかったかもしれないと思いながら、一華は気合を入れるべく、冷水で顔を洗った。

きっちり二時間後、指定されたドトールコーヒーに着いた一華は、カウンターでブレンドコーヒーを注文しながら奥のテーブル席に視線を向ける。

すると、端の席で一人ぼんやりと携帯を眺める翠の姿が目に入った。

童顔に加えてカジュアルな服装が、やはり学生のようだと一華は思う。

しかしながら、カップを手に取る所作はどこか上品で、そのアンバランスさに思わず目を奪われてしまった。

認めたくはないが、やはり翠は人目を引く外見をしている。

実際、ハチ公前広場で会ったときも女性に声をかけられていたし、今もまた、近くに座る二人組の女性客たちが、翠を順番に眺めながら、なにやらこそこそと噂話をしていた。

あの視線の先に自分が加わるのかと思うと気が重いが、もはや逃げるわけにもいかず、一華はコーヒーを受け取ると挨拶もせずに翠の正面に座る。

翠は一華に気付くやいなや、耳からイヤホンを抜きながら子犬のような笑みを浮かべた。

「時間ぴったりじゃん！」

「ちょっと、大きい声出さないで。ただでさえ目立ってんだから」

「目立つって？」

「自覚ないならいい。……とにかく、さっさと作戦会議はじめて」

「あ、うん。でもまあ会議っていうか、一華ちゃんに式神を貸してあげようと思って。

その前に相性を確認しておきたかったんだ」

「式神を、貸す……？」

その言葉の意味を理解する前に、翠はポケットから紙の束を取り出し、テーブルに並べはじめる。

それらは和紙を人型に切り抜いたいわゆる「依代《よりしろ》」と呼ばれるもので、実体のない霊の体代わりとして使われる、霊能力者にとっては定番の道具だ。

その使い道は多岐に渡り、一華も実家にいた頃は日常的に目にしていたものだが、中目黒のドトール内ではこれ以上ないくらいに浮いていた。

テーブルの上が気味悪く様変わりし、周囲からの視線がさらに集まる。

さっきまで楽しげに噂をしていた女性客たちもまた、明らかに引いた様子で翠とテーブルの依代を見比べていた。

「ちょっと、こんなところで依代なんか広げないでよ……！」

慌てて止めたものの、翠に気にする様子はない。むしろ、慌てふためく一華を見て、こてんと首をかしげた。

「え、だって、式神はこの中に入ってるし」

「いいから仕舞ってよ、変な目で見られるでしょ……！」

「大丈夫だよ、ここで中身を出したりしないから」

「当たり前でしょ！　そういう問題じゃないんだってば！」

「そう？　まあ一華ちゃんが気にするなら、店を出てからにしよっか」

翠はそう言うと、依代をかき集めてふたたびポケットに突っ込む。

その様子を見て、一華はひとまずほっと息をついた。

そして。

「あのさ、……当たり前に依代を使いこなすなんて、素人には到底無理だと思うんだけど、翠ってやっぱりそういう血筋でしょ」

投げかけたのは、これまでまともな回答を得られたことのない類の問い。

もはや期待などしていなかったが、翠はやはりこれまでと同様に返事をくれず、曖昧に笑った。

「依代くらい、心霊オタクでも使うよ」

「そんなわけないでしょ。ましてや、式神を宿らせておくなんて」

「そうかなあ……」

「だいたい、翠が使ってる式神の田中さん……？　あれほど強い式神と契約を結べる時点でもう――」

「一華ちゃん」

「……なによ」

「注目浴びてるけど、いいの？」

そう言われ、思わずヒートアップしてしまっていた一華はたちまち青ざめる。

おそるおそる周囲を見回すと、あらゆる方向から、不審者を見るような視線が一華に集中していた。

さすがにこれ以上話を続けるわけにはいかず、一華はわざとらしく咳払いをし、コーヒーに口をつける。

しかし動揺のせいか味などまったくせず、結局は席を立った。

「……出てもいい？」

「いいよ。にしても、割とすぐに周囲が見えなくなるタイプだよね」

「うるさいな。早く」

足早に店を後にすると、背後で翠が堪えられないとばかりに噴き出す。

その可笑しそうな笑い声を聞きながら、一華は思わず天を仰いだ。

「あーあ……、もうあの店行き辛くなっちゃったじゃない」

「俺のせいじゃなくない？」

「どう考えても翠のせいでしょ」

「一華ちゃんは気にしすぎなんだよ」

気にするに決まっているだろうと思ったけれど、一華にはもう反論する気力すらなかった。

ともかく、作戦会議を再開するためにできるだけ人の少なそうな場所を見つける必要があり、一華はひとまず駅とは逆側に足を進める。――しかし。

「一華ちゃん、こっち」

ふいに背後から腕を引かれたかと思うと、翠は目の前にあったコインパーキングに入り、そこに停められていた大きなRV車の鍵を開けた。

「え……、車……？」

「山奥に行くんだから、そりゃ車だよ」

「てっきりこれから借りるのかと……」

「まさか。相手が相手だし、借りものの車に万が一のことがあったらいろいろ面倒だから、調査のときは自前」

「自前って、これ翠の車なの？」

「そうだけど、なに？　ボロいって言いたい？」

「いや……、探偵って儲かるんだなと思って」

思わず正直な感想を口にしてしまったのも無理はなく、都内で車を所有するのは維持費的にもなかなかハードルが高い。

ただでさえ、翠が事務所を構えている四ツ谷は新宿区内でも家賃相場が高い方であり、駐車場は少なく見積もっても月三万前後はするだろう。心霊案件専門の探偵だなんて、いかにも儲かりそうにないと思っていただけに、一華にとってはただただ意外だった。

しかし、翠は意味深な間を置いた後、苦笑いを浮かべる。

「いや、探偵業はそうでもないんだけど、……前職は、そこそこ頑張ってたから」

「前職はなにを？」

「なにって……、べつに普通の仕事だよ。ほら、乗って乗って」

「……あ、そう」

どうやらこれもまた秘密らしいと、一華は早々に追及を諦め、促されるまま助手席に乗る。

車の中はかなり雑然としていて、ラゲッジスペースには寝袋などの野営道具をはじめ、大量の荷物が詰め込まれていた。

翠は運転席に乗ると、早速ドトールで仕舞った依代をダッシュボードに並べはじめる。

やはり異様な光景であることに変わりはないが、人目がないだけ何百倍もマシだった。

「……ねえ、車があるなら最初からここでやればよかったんじゃないの？」

文句を言う一華に、翠は小さく肩をすくめる。

「狭いじゃん」

「狭くても、こういうことはコソコソやるべきなのよ」

「なんで？」

「なんで、って……」

まさか質問を返されるとは思わず、一華は面食らった。

しかしそれと同時に、こういう事柄に対し、一華と翠との間にある認識の差を思い出し、黙って首を横に振る。

「なんでもない。……それより、さっきは状況が状況だけにあまり聞いてなかったけど、式神と私の相性がどうこうって言ってたよね」

「うん。お守り代わりに、俺の式神を一華ちゃんに貸してあげようと思って」

「私が式神と契約するってこと？」

「ううん。俺と契約した式神に、一華ちゃんを守るよう指示するってこと。でも契約関係にないぶん強制はできないから、相性が重要なんだ」

「……へぇ」

頷いたものの、一華には到底理解ができない内容だった。

翠と話しているとそういうことが多く、思えば、こうして流してしまうことにもすっかり慣れてしまった。

しかし、式神を貸してもらうという話をリアルに想像した瞬間、真っ先に思い浮かんだのは、やはり田中の存在。

いくら守ってもらえるといっても、あれがずっと傍にいると考えただけで、途端に全身の肌が粟立った。

「あの……、ちなみになんだけど、翠の式神ってみんなあんな感じなの……？」

遠慮がちに尋ねた一華に、翠は首をかしげる。

「どんな感じ？」

「それは、その、……田中さんみたいな」

「ああ、まあ元々地縛霊として彷徨ってた霊が多いね」

「……そう」

「どした？……あ、怖い？」

「…………」

「うける」

答えてもいないのに見抜かれてしまい、一華の頬が一気に熱を帯びた。

「いいでしょ別に！　見た目が不気味なのは事実なんだから！」

慌てて抗議したものの、翠は無遠慮に笑いながら、まるで子供にするように一華の頭をぽんと撫でる。

「なんにも言ってないじゃん。ただ、可愛いなって思っただけで」

「……馬鹿にして。もういい、式神なんていらない。私一人で十分」

一華は翠の腕を振り払い、苛立ちを露わに顔を背けた。

かたや、翠はしつこく笑いながら、一枚の依代を一華の目線の前でひらひらと振ってみせる。

「ごめんって、拗ねないでよ。ちょうど、相性が合いそうな子がいたから」

「いらないってば」

「可愛いよ、ほら」

「可愛い地縛霊なんているわけ――」

不自然に言葉を止めたのも、無理はない。文句を言い切る前に、一華は肩のあたりに不思議な気配を覚えていた。

反射的に振り返ると、たちまち金色の目に射貫かれ、ドクンと心臓が跳ねる。そして。

『にゃぁ』

それは間延びした声をあげ、しなやかな動作で一華の肩から下り、膝の上に乗ってゴロゴロと喉を鳴らしはじめた。

「猫……？」

現れたのは、どこからどう見ても、キジトラ柄の普通の猫だった。

「うん、名前はタマ」

「タマ……」

「ね、可愛いでしょ」

「これって、動物霊だよね……？」

「うん。珍しいよね」

翠が言ったように、動物は人と違って感情がシンプルであり、死後にこの世に留まることが滅多にないためかなり珍しい。

おまけに式神として人と契約するだなんて、こうして目の当たりにしなければ到底信じ難い話だった。

一華は緊張しながらタマの毛並みにそっと触れる。すると、感触こそないものの、タマは気持ちよさそうに目を細めた。

「す、すごい……」

つい感嘆の声を上げると、翠は満足そうに微笑む。

「この子、知り合いがインドから取り寄せた呪具に憑いてたんだって。賢いし可愛いから俺が貰ったの」

「いや、インドから呪具を取り寄せる知り合いって」

「まあそこは置いておいて。ともかく、タマは一華ちゃんのことを気に入ったみたいだから、仲良くしてやって。なんせ自由だから姿を消してるときもあるけど、名前を呼べば出てくるよ」

「…………」

正直、田中のような地縛霊を想像していただけに、タマはあまりにも可愛く、絶大な癒し効果があった。

とはいえ、自分を守ってくれる式神を貸すと聞いていたぶん、猫では少々頼りなくもある。

「ねえ、私、この子に守ってもらうの？　どっちかって言うと私が守る側じゃない……？」

「大丈夫大丈夫、意外と頼れるから」

「まあ、いいけど……」

あまりスッキリしない返答だったけれど、不満を言って不気味な式神と交換されてはたまらないと、一華はあっさりと引き下がった。

そして。

「では、そろそろ行きますか！」

翠は意気揚々と車のエンジンをかけ、カーナビを操作して、〝登録地点〟にさも当たり前のように並んでいたトンネルの場所を行き先に設定する。

「……そういえば、場所も盗聴してたんだっけ」

「盗聴じゃなくて、又聞きね」

「一緒でしょ」

会話はいたっていつも通りだけれど、一華の緊張は、エンジンの振動に煽られるようにじわじわと膨らんでいた。

頭を過っていたのは、今朝嶺人が口にした、「もし一華が困ったときには、なにがあってもすぐに駆けつけるから」という重すぎる申し出。

絶対に、なにかがあってはならない、と。

一華はシートベルトを締めながら、改めて自分にそう言い聞かせた。

目的のトンネルがある山の付近に到着したのは、二時間弱後。

それなりに緊張していたつもりが、一華は高速に乗るやいなやあっという間に深い眠りに落ちた。

目を覚ましたのは、高速を下りてすぐのコンビニの駐車場。

翠からは「さすが肝が据わってる」と笑われたものの、早朝から蓄積した疲労を癒すには、むしろ足りないくらいだった。

「……ごめん、あまりに眠くて」

「いいよ。現地では視える一華ちゃん頼りだから、しっかり体を休めてくれてた方が俺も安心だし」

翠はコンビニで買ったコーヒーを一華に渡しながら、屈託のない笑みを浮かべる。

これから怖ろしい場所に行くとは思えない爽やかな表情に、一華は逆に重い溜め息をついた。

「今さらだけど、なんだか憂鬱になってきたわ……」

「まあそう言わず。トンネルにはもうすぐ着きそうだから、さっさと行ってさっさと帰ろ」

翠はあくまで軽い口調を崩さず、ふたたびエンジンをかける。

一華はそんな翠に呆れつつ、カーナビの画面を操作し、トンネル付近の地図を拡大した。

「もうすぐって言っても、ここから先は山道がずいぶん入り組んでるって聞いてるし、大丈夫なの？」

改めてルートを確認してみると、雄大から聞いていた通り、山道は細い上にずいぶんささくれだっていて、一本でも道を間違えれば遭難してしまいそうな危うさがある。

しかし、翠はとくに困った様子を見せず、車を発進させた。

「大丈夫だよ。すでにそれっぽい気配が漂ってるから、それを目指して進めば着くでしょ」

「それっぽい気配？……こんなところまで？」

「うん。大学生たちが散々荒らしてくれただけあって、気が立ってるのかもね。特別やばい存在感を放ってる霊がいる」

そう言われて周囲に集中してみたものの、一華にそれらしき気配はまったく感じ取れなかった。

翠の鋭さはスクランブル交差点で目の当たりにしたばかりだが、ただでさえ有象無象の気配が集まる山の中で、特定の気配を感じ分けられる程となると、その能力は一華の想像をはるかに超えている。

ただ、どんなにそこに違和感を覚えようと、翠がこういう類の質問に答えないことはわかりきっていて、一華はなにも聞かないまま、窓の外の景色をぼんやりと眺めた。

やがて、車が山道に差しかかると同時に、膝の上のタマが突如起き上がり、ダッシュボードに飛び移って落ち着きなく耳を動かす。

一華もまた、周囲から伝わる気配の数がみるみる増えていく気味悪さに、次第に不安を覚えはじめていた。

なにせこの山は進めば進む程異様で、ただ普通に窓の外を見ているだけで、嫌でも異様な存在に、――いわゆる、〝人ではないなにか〟に、目が留まってしまう。

死んで間もない浮遊霊の場合、街で見かけても人と判別できないくらい上手く紛れていることが多いが、山の中では明らかに浮いていて、見間違えようがなかった。

「ねえ……、ちょっと多すぎない……？」

なかば無意識に呟くと、翠も頷く。

「ね。いくら山だっていっても、さすがにウロウロしすぎだよね。例のトンネルの霊のせいで空気が澱んでるから、自然と集まってきたんだろうけど」

「……なるほど」

この混沌とした山の中、翠が口にした「集まってきた」という表現は、妙にしっくりきた。

この辺りを彷徨っている霊には、異常な数の多さの割に共通点がまるでなく、それぞれがまったく違う無念や苦しみを滲ませている。

同じく気配が多い場所でも、たとえば多くの犠牲者が出た事故や災害の現場では、こういう状況にはならない。

「こんなにもいろんな気配が集まってる場所だったら、霊感のない大学生たちに二、三体視えても不思議じゃないかもね」

一華はふと、全員が怖ろしいものを視たのではないかという雄大の予想を思い出し、改めて納得する。

一方、翠は一華の言葉を聞いて自嘲気味に笑った。

「そこらの大学生に視えて俺には視えないって、なんだか屈辱的」

「自分のせいでしょ」

「それはそうなんだけど。……ま、それも今日で復活するかもしれないしね」

「楽天的で羨ましいこと。せいぜい憑かれて死なないように」

「……冷たくない？」

「最初からよ」

一華は適当にあしらいながらも、こんな状況でもなお口調の変わらない翠に、内心感心しはじめていた。

翠はもはや、視力と一緒に警戒心や恐怖心まで盗られてしまったのではないかと思う程、いっさい動じていない。

決して強がっているようでもなく、いったいどんな経験を積んできたらこうなるのだろうと、謎は膨らむばかりだった。

やがて、道はどんどん険しくなり、鬱蒼と生い茂る木々で視界がみるみる狭まっていく中、翠はまったく怯まず強引に突き進んでいく。

そして、――ようやく目線の先にトンネルの入口が現れたのは、山に入って十五分程走った頃のことだった。

「おお……、さすが雰囲気ある……！」

翠はトンネルの手前で一旦車を止めると、苔と蔦がびっしりと蔓延る石造りの入口を興味深そうに眺める。

その表情にはわかりやすく高揚感が滲んでいたけれど、かたや一華はトンネルを実際に目にしたときから、早くも不穏な予感を覚えていた。

トンネルは酷く劣化していて見るからに危険であり、霊のこと云々を抜きにしても、積極的に通ろうと思えるような見た目ではない。

さらに道幅は狭く、おまけに照明もなく中は真っ暗で、外から見た感じは防空壕に近い雰囲気があった。

想像を超えた不気味さに、一華は改めて、雄大はよくこんなところに入ったものだと感心する。

「ビジュアル的には、最低中の最低だわ……」

「そんなにテンション下げないでよ」

「上がる方が異常でしょ」

「俺はほら、事情が事情だから。……ただ、油断はしないでね。俺らの気配は普通の人より目立つだろうし、実際、霊たちがすでに騒ぎはじめてるから」

「…………」

淡々と言い渡された注意に、一華の憂鬱さは一気に倍増した。そして。

「じゃ、行こう！」

翠は一華の返事も待たず、トンネルの中へ向かってゆっくりと車を進めた。

入るやいなや車内にカビの臭いが入り込み、一華は咄嗟に手のひらで口元を覆う。

ただ、臭い以上に一華を戸惑わせたのは、トンネルに入った途端に覚えた、底冷えする程の空気の冷たさだった。

「寒すぎ……」

「ある程度覚悟はしてたけど、やっぱり霊障が桁違いだね。後ろに積んでる毛布出すから、ちょっと待ってくれる？」

「私のことはいいから、ちゃんと前見て運転して」

「たくましいこと」

翠は苦笑いを浮かべながらも、自分の上着を器用に脱ぎ、なにも言わずに一華の膝の上に載せる。

「だから、平気だってば……」

「いらなかったら、後ろに放り投げといて」

「…………」

調子が狂う、と。

心の中で文句を唱えつつ、一華は迷った末に翠の上着に袖を通した。

「……それより、これからどうする気？　計画はあるの？」

戸惑いを振り払うべくぶっきらぼうにそう言うと、翠はルームミラーで背後を確認しながら意味深な笑みを浮かべる。

「まあそう焦らず。それより、そろそろ入口が見えなくなったね」

「入口もだけど、中に入ってずいぶん経つのに、一向に出口が見えなくない？　照明も付いてないようなトンネルが、こんなに長いなんてことある？」

一華は首をかしげ、そろそろ出口が見え始めるであろう正面に目を凝らした。

しかし、いつまで経ってもそれらしき明かりは見えてこない。

そのとき、翠がふいに小さく笑い声を零した。

「……ちなみに、ネットでいろいろ調べてみたんだけどさ、このトンネルは戦時中に手掘りされたもので、――全長三十メートルなんだって」

「は？」

意味を理解するより先に、背筋がゾッと冷えた。

一華は慌てて車の前後を確認する。

「なに言ってんの……？　もうずいぶん走ってるんだから、少なく見積もっても千メートルはあるでしょ」

「それが、手掘りのトンネルの日本最長は、八百七十七メートルらしいよ」

「……どういうこと」

「遭遇したってことだよ」

〝遭遇した〟の意味は、いちいち聞くまでもなかった。

つまり翠が言わんとしているのは、本来三十メートルしかないはずのトンネルからいつまで経っても出られないこの不可思議な現象は、霊と遭遇したことで生じた霊障であるということ。

「ちょっと待ってよ……、つまり、トンネルに入った時点で、私たちはすでに幻覚を見せられてたってこと？……もしかして、大学生たちが来たときも、これと同じ現象が起きてたの……？」

「そこはむしろ、大学生から話を聞いた時点で気付いてよ。山奥にある古くて狭いトンネルがなかなか出られない程長いなんて、どう考えても不自然じゃん」

「…………」

確かに翠の言う通りだと、一華は思う。

ただ、わかっていたなら入る前に教えてくれてもいいのにと、たちまち込み上げた不満で一瞬恐怖すら忘れた。

翠はそんな一華を宥めるように、肩にぽんと触れる。

「でもさ、どれだけ待ち構えていてもまったく出てきてくれない霊がほとんどなのに、来てすぐに接触できるなんて幸運だと思わない？」

「……なに言ってんの。通常の霊がどうなのかなんて興味もないけど、やばいって知りながら突っ込んだんだから、そりゃ接触するでしょ」

「だって、接触しなきゃなんにもできないし」

「だからってこんな捨て身の方法取らなくても、もう少し様子を窺ってからでもよかったんじゃないの？　相手が何者かもわからないんだから」

「そんなことしてたら、時間がいくらあっても足りないじゃん」

「スクランブル交差点ではずいぶん慎重ぶってたのに」

あれが翠の本心でないことはとうに察していたが、とはいえ想定以上の落差に一華は落胆する。

ただ、どんなに絶望したところで、すでに引き返せないことだけは確かだった。

「……それで、これからどうする気なの。完全に霊のテリトリー内だけど」

一華はなかば強引に気を取り直し、翠に尋ねる。

すると、翠は気配を探るように周囲に視線を泳がせ、――突如、道路のど真ん中で車を停止させた。

「ちょっ……、どうして止めるの……！」

「こういうときは、やっぱり同じ行動を取るのが基本かなと」

「は……？」

啞然とする一華を他所に、翠は車のキーを回してエンジンを切る。

瞬間、ヘッドライトが消え、インパネやカーナビも暗転し、代わりにルームライトが自動点灯した。

しかしそれも十秒程度でゆっくりと消え、辺りは完全な闇に包まれる。

そのせいか、トンネルの中の異様さがより際立って感じられ、一華の心臓が不穏な鼓動を鳴らしはじめた。

「ねえ……、なにがしたいの……？」

「もちろん、検証」

「検証……？」

聞き返すと、真っ暗な車内に翠のかすかな笑い声が響く。

そして翠は突如携帯のライトを点け、車のキーが挿さったままのシリンダーを照らした。

「見ててね」

「だから、なにを……」

「ほら」

わけがわからないまま視線を向けると、翠はずいぶんもったいぶった後、ふたたびキーを回す。

しかし、エンジン音が響くことはなく、それどころかインパネもカーナビもすべて無反応だった。

確かめるように何度も同じ動作を繰り返す翠を見て、一華は呆然とする。

同時に、〝検証〟の意味を理解していた。

「もしかして、大学生たちと同じ状況かどうかを確かめてるってこと……？」

「うん。トンネルの中でエンジン切ったら、それ以降かからなくなったって話してたでしょ。まさにその通りだから、ひとまず成功だね」

「…………」

「あ、もしかして〝ギアをドライブに入れたままエンジンを切ってしまったのでは〟とか言う？　大学生に言ったみたいに」

「……馬鹿にして」

「いや、むしろ、よくそんなの咄嗟に思いつくなぁって感心したんだよ。やっぱ、多くの人たちを幻覚説で納得させてきただけあるよね」

翠はそう言いながら、わざわざギアに携帯のライトを向け、〝P〟の表示を照らす。

感心したと言いつつ口調はやたらと楽しげで、一華はなんだか疲労感を覚えた。

「ほんと、むかつくわ。……それで、次は？　検証するなら、車から出る？」

ただ、お陰ですっかり恐怖が麻痺した一華は、半分投げやりな気持ちで窓の外を指差す。

しかし、翠は首を横に振り、ダッシュボードで様子を窺っているタマの背中をそっと撫でた。

「そうしたいけど、もう少し目的の霊の気配がはっきりしてからの方がいいなって。動物は気配に特別敏感だから、ひとまずタマの反応を見て待とうかと」

「つまり、〝ずぶ濡れの女の霊〟の登場待ちってこと？　この、霊障真っ只中の状況で？」

「そうなるね。なにせ、関係ない霊の気配が死ぬほど多いし。下手に動いて、本丸に接触する前に無駄に消耗したくないから」

「……あ、そう」

よくもまあこんなに落ち着いていられるものだと思う反面、無駄に消耗したくないという意見には一華も同感だった。

というのは、エンジンを切って以来、車の周囲の空気はみるみる禍々しく変化していて、漂う気配の数はもはや把握しきれない。

いっそ全部捕まえてしまいたいくらいだが、すべてを相手にする精神力などあるはずはなく、そもそも用意した試験管の数がまったく足りなかった。

とはいえ、車内の温度は今もなお冷え続けていて、ついには吐く息が白く曇りはじめる。

これでは先に体が限界を迎えてしまうと焦りを覚えた一華は、様子を窺うつもりでドアの窓に額を寄せ、暗闇に目を凝らした。――そのとき。

突如、助手席の窓が、バン、と大きな音を立て、車がグラリと大きく振動した。

なにが起きたのかを理解する間もなく、音はさらに連続して響き渡り、車の揺れもみるみる激しさを増す。

「っ……！」

突然のことに一華の頭は真っ白になり、どこかに掴まるどころか声を出す余裕すらなかった。

しかし、そのとき即座に背後から腕を引き寄せられ、一華の背中は翠に抱き止められる。

さらに、翠は一華を支えたまま窓に手を伸ばし、驚く程慣れた動作でそこに一枚のお札を貼った。――瞬間、音も振動も、まるでなにごともなかったかのようにピタリと静まり返った。

ただ、助手席の窓には、さっきまでは確実になかったはずの泥だらけの手形がいくつも付着していて、一華はその気味悪さについ硬直する。

「一華ちゃん？……平気？　窓にはあまり近付きすぎない方がいいよ。窓越しでも、気を抜くと挑発してくるから」

「……」

いまだ言葉の出ない一華の顔を、翠が背後から覗き込んだ。

「一華ちゃん？」

「……」

「聞いてる？」

「……ご、めん。……不意打ちだった、から」

「無事なら全然」

一華はとにかく冷静にならねばと、深呼吸を繰り返す。

けれど、少しずつ落ち着きを取り戻すにつれ、今度は翠に抱き止められているという現状を思い出し、飛び退くように助手席に座り直した。

「ご、ごめん」

「だから、いいってば」

翠はふたたび謝った一華を可笑しそうに笑い飛ばす。

とはいえ、一華の心の中では、醜態を晒してしまった後悔と恥ずかしさが膨らむ一方だった。

おまけに、ダッシュボードではタマがなにごともなかったかのように平然と外を窺っていて、その落ち着き払った様子が一華の惨めな気持ちをさらに煽る。

「ほ、ほんとに、ちょっと驚いただけだから。音とかすごかったし、……こんなこと、滅多にないんで……」

今さらなにを言っても無駄だとわかっていながら、気持ちがどうしても収まらず、一華はブツブツと言い訳を重ねた。

一方、翠は穏やかに目を細める。

「別に素でいいよ。俺の前で頑張る必要なんてないし」

「……だから、そうやって私が無理してるみたいな言い方しないで。そりゃ、さっきは取り繕いようがないくらい情けない姿だったかもしれないけど、何度も言うようにあれは——」

「……そうじゃなくて。君がとても優秀でかっこいいってことは、もう知ってるからさ」

「…………」

必死の虚勢も虚しく、翠の反応は想像とまったく違っていた。

ただ、実家にいた頃は褒められるどころか、女として生まれた時点で評価のステージに立つことすらなかった一華にとって、その言葉はある意味殺し文句でもあった。

「……知ったようなことを」

言葉に仕込んだ棘とは裏腹に、戸惑いで声が揺れる。

しかし、そのとき。

突如、タマがふらりと立ち上がったかと思うと、辺り一帯の空気が一気に強い緊張を帯びた。

なにも見えなくとも異変が起きたことは明らかであり、一華は慌てて周囲の気配を探る。――そして、すぐに、規格外に禍々しい気配の存在に気付いた。

「なに、これ……。明らかにレベルが違う奴がいるんだけど……」

思わず狼狽えた一華に、翠はゆっくりと頷く。

「ついに向こうが動いたね。これは、正真正銘〝やばい霊〟だ」

言葉の軽さは変わらないが、その声色には、これまでなかった警戒が滲んでいた。

ついにこのときが来たかと、一華は無理やり冷静さを保ちながら、ダッシュボードで不安げに震えているタマを抱き寄せ、上着の中に隠しファスナーを上げる。

すると、タマは首元の隙間からちょこんと顔を出し、金色に輝く瞳を揺らした。

「タマは、しばらくここで大人しくしてて。私が守るから」

一華はタマにそう言い聞かせると、ポケットから取り出した数珠を手にかけ、心の準備を整える。

そして、改めてフロントガラス越しの暗闇に集中した、瞬間。――ベシャ、と、酷く耳心地の悪い音が響いた。

「……今の、聞こえた？」

尋ねると、翠は小さく頷く。

「多分、足音っぽい」

「歩いてるってこと……？」

「こっちに近寄ってきてるね」

「近寄っ……」

「実際、気配も少しずつ濃くなってるし」

恐ろしい想像に背筋がゾッと冷え、一華の額に嫌な汗が滲んだ。

「なに、それ……。トンネルに足音にって、古典ホラーじゃないんだから……」

「誰もが知ってるような古典ホラーの方が、意外と事実に忠実だったりするから。……そういう話って、そもそも視える人が作ったのかも」

緊迫した空気にそぐわない翠の考察に、一華は返事代わりの溜め息をつく。

しかし、そうこうしている間にも、ふたたび暗闇から、ベシャ、と二度目の足音が響いた。

心臓がドクンと大きく跳ね、呼吸がみるみる浅くなる。

そんな中、一華はふと、車の周囲が異様なまでに静まり返っていることに気付いた。

さっきまでは有象無象がひしめき合っていたというのに、ざっと見渡しても一体たりとも見当たらない。

「他の霊、いなくなってない……？」

疑問を口にすると、翠はあっさりと頷いてみせた。

「そりゃ、逃げたんだよ。あんな奴が出たら、そこらの地縛霊なんてあっさり取り込まれちゃうから。……逆に言えば、数々の霊を取り込みながら同化を繰り返したことで、ああいうとんでもない化け物が出来上がっちゃったんだろうけど」

「……なるほど。そういうこと……」

翠が軽く口にした化け物という表現に、一華は心底納得していた。

むしろ、桁違いな霊障にしろ禍々しい気配にしろ、経験のない脅威をまさに目の当たりにしている今、それ以上適した表現は思い当たらなかった。

一華は次々と込み上げてくる不安を振り払うように、数珠をぎゅっと握り締める。

少しでも気を抜こうものなら、心がたちまち恐怖に呑まれてしまいそうだった。――

そして。

ベシャ、と響いた、三度目の足音。

気配はさらに濃さを増し、そろそろ姿が視えてもおかしくない距離感だと、いよいよ一華が腹を括った、――そのとき。

ベシャベシャベシャ、――と、さっきまでゆっくりだったはずの足音が、突如連続で響き渡った。

「っ……」

予想外の展開に頭が真っ白になり、一瞬呼吸すら忘れた。

しかし、そんな中でも、自分だけに霊が視えるという役割意識だけはかろうじてあり、一華はその姿を絶対に見落とすまいと暗闇に目を凝らす。

とはいえ、勢いよく迫り来る不気味な足音をただひたすら待つ時間は、想像を絶する恐怖だった。

しかし、その瞬間。

「大丈夫。俺もいるから」

落ち着き払った翠の声で、一華はハッと我に返る。

同時に、恐怖と不安で混沌としていた心が、奇妙なくらいにスッと凪いだ。

「なに、言ってんの……？　そもそも自分が巻き込んだくせに、月並みな励ましはやめてよ……」

なんて可愛げのない反応だと思いながらも、余裕のない一華には、悪態をつく以外に平常心を保つ手段がなかった。

するとう。

「——変わんないね。そういうとこ」

翠はそう言って笑い、過去に思いを馳せるように遠い目をした。

その表情を目にした途端、記憶のずっと奥の方で、なにかがまた小さく反応したような感触を覚える。

「ねえ、……翠、って」

頭ではなにひとつ思い出せないのに、不思議と心がなにかを訴えようとしていた。

——しかし。

思考が一気に遮断されたのは、突如、暗闇の中にぼんやりと白いものが浮かび上がった瞬間のこと。

それはぐらぐらと不安定に揺れながら、少しずつ車との距離を詰める。

そして。

「一華ちゃん、気配が急に——」

翠がそう言ったのと、その正体を理解したのはほぼ同時だった。

ぼんやり白く見えたのは、——女の霊の、顔。

その姿は雄大から聞いていた通りで、顔は濡れた髪にべったりと覆われ、隙間から覗く目からは煮え滾《たぎ》るような強い怒りと無念が伝わってきた。

固まる一華を前に、女はベシャンと音を立ててまた一歩足を進める。そして、一華たちの方へ向け、枯れ枝のように細い腕をゆっくりと伸ばした。

「どう、すんの……、こんな……」

一華は愕然とし、震える声でそう呟く。

正直、こうもあからさまに危険な存在が、仮にも一般人が普通に立ち入る場所に平然とうろついているという事実に、単純に驚いていた。

これまで、実家でもクリニックでも厄介な霊に憑かれた相談者を数々見てきた一華ですら、これほどの存在を目にしたことは一度もない。

そうこうしている間にも、女はまた一歩足を進めた。

一華はポケットに手を突っ込み、試験管をぎゅっと握る。

「……只事じゃない気配が漂ってるけど、一華ちゃん、なにが視えてる？」

さすがの翠も、目にはかすかな焦りが滲んでいた。

「なに、って……、翠が会いたがってたずぶ濡れの女が、目の前に」

一華は答えながら、この局面でもなお嫌味が口を衝いて出たことに驚く。

しかし、当然ながら余裕があったわけではなく、それどころか、あんな禍々しい悪霊を自分に捕獲できるのだろうかと、密かに自信を失っていた。

とはいえ、なにもせずに待っているわけにもいかず、一華は緊張で乱れた呼吸をゆっくり整え、気持ちを奮い立たせる。そして。

「……もう、やるしかないか」

なかば投げやりな呟きを零し、勢いまかせに助手席のドアを開けた、――そのとき。

「ちょ、待って」

翠に思い切り腕を引かれ、一華の体はふたたび助手席のシートに沈んだ。

「な……、人がせっかく覚悟を決めて……」

「――違うんだ」

翠は一華の文句を最後まで聞きもせず、首を横に振る。

「は……？」

「俺の視力奪ったの、この気配じゃない」

「……はぁ？」

混乱する一華を前に翠が口にしたのは、予想もしなかったひと言。

虚をつかれ、一華はポカンと口を開ける。

たとえその事実が翠にとって最も重要なことだったとしても、危険が差し迫っている今の状況においては、ただの余計な情報でしかなかった。

「だったら、どうだっていうの……！　今まさに女の霊がこっちに向かってんのに、視えないからって悠長なこと言わないでよ……！」

「いや……、だって」

「だってじゃない！　捕まえてやるから待ってろって言ってんの！」

「いや、すごく心強いんだけど、……今は、逃げよう」

「に、逃げる……？」

まさか逃げるという選択肢があるとは思わず、一華は呆気に取られる。

一瞬冗談を言っているのかとも思ったけれど、口調とは裏腹に翠の表情はいたって真剣だった。

「うん。できるだけこの気配から離れて、結界を張って俺らの気配を隠そう。そしたらいずれ諦めると思うし」

「そんな面倒なことするなら、もういっそ捕まえた方が……！」

「死ぬよ、下手したら」

「………」

その淡々とした口調に、あまりの恐怖でハイになっていた一華の気持ちがスッと凪いだ。

冷静さを取り戻すにつれ、確かにこの女の霊はそれくらいの相手だと、恐怖が蘇ってくる。

しかし、そのとき。

突如、――左足首に、ひんやりと冷たい感触を覚えた。

理解するよりも早く、脳裏に最悪な予感が過る。

そして、おそるおそる足元に目を向けた一華は、思わず目を見開いた。

「……や、ばい」

一華の左足を摑んでいたのは、ドアの隙間から伸ばされた、青白い手。

もはや、ドアを閉め忘れるという凡ミスを悔やむ余裕すらなかった。

一華の様子から異常を察したのだろう、翠が咄嗟に一華の腰に腕を回し、ドアノブに手を伸ばす――けれど。

それが届くよりも先に、一華の体は到底抗えない勢いで、車の外へと引きずり出された。

「翠――」

咄嗟に口にしかけた名前も、激しく背中を打ち付けた衝撃で途切れる。

全身を痛みが突き抜け頭が真っ白になる中、一華は足を摑まれたまま地面を引きずられ、みるみる車から遠ざかった。

「待っ……、離……」

あまりの出来事で叫びは声にならず、むしろ、もうなにも考えられなかった。

唯一心の中にあるのは、足首を摑む異常な力に対する、絶望的な無力感。

これは、到底敵わない、と。

ひんやりとした道路の感触を全身で感じながら、一華の心は今にも折れようとしていた。

しかし。

――もし一華が困ったときには、なにがあってもすぐに駆けつけるから。

諦めかけた寸前に頭を過ったのは、嶺人からの言葉。

途端に気持ちが引き締まり、一華は閉じかけた目を開く。

同時に、こんな極限の状態であっても、嶺人の言葉の影響力が絶大であるという事実に、心底引いていた。

ただ、今気力を保つための材料はそれしかなく、一華は嶺人の顔を思い浮かべながら、必死にポケットを漁って試験管を引っ張り出す。

「嶺人が、来たら……」

栓を抜くと、ほんの一瞬、女の霊がビクッと反応した。

それを隙だと理解した一華は、引きずられながらも無理やり上半身を起こし、数珠を持った左手を女へ向けて伸ばす。

「あんた、責任とって、くれんの……？」

視界の悪さは致命的だけれど、そのとき確かに、棒切れのような腕を摑んだ手応えがあった。

このまま怒りの勢いでねじ伏せ、無理やりにでも閉じ込めてしまおうと、一華はすべての気力を左手に込める。――しかし。

次の瞬間に覚えたのは、宙を浮くような浮遊感だった。

なにが起きたのかまったく理解できない中、一華の背中はふたたび地面に叩きつけられる。

どうやら、捕獲するどころか逆に弾き飛ばされたらしいと察したのは、目線の先に散らばる、粉々になった試験管の残骸を目にした瞬間だった。

「まだ……、予備が、ある、から……」

強がりを言いながらも、もはやそういう問題でないことは重々承知していた。

一華は仰向けに倒れたまま、必死に次の策を頭に巡らせる。

しかしどんなに考えてもなにも浮かばず、そのときふと、一華の頬に冷たいなにかが触れた。

なんだか嫌な予感がし、ひとまずここから離れようと、一華は満身創痍の体に力を込める。

しかし、体は硬直してビクともせず、――これは金縛りだ、と。最悪な推測が浮かぶと同時に、心は絶望に支配された。

どうすることもできない一華の頬に、ふたたびひんやりとしたものが触れる。

さらに、いきなり両肩を地面に押さえつけられるような強い圧を感じ、正面にぼんやりと白いものが浮かび上がった。

「……っ」

その正体は、もはや考えるまでもない。

一華の目の前にあったのは、青白い女の顔。

その肌にはびっしりと青い血管が走り、瞳孔のないどろりと濁った目がまっすぐに一華を見下ろしていた。

あまりの不気味さに呆然とする一華の頬に、氷のように冷えきった一筋の髪が流れ落ちる。

何度も覚えた感触はこれかと、つまり倒れた時点ですでに自分は捕らえられていたのだと、理解が進むと共に、頭の中はたちまち諦めに侵食された。

やがて金縛りに抗う気力体力も尽き、ついには思考がぼんやりしはじめる。

しかし、――意識を手放す、寸前。

あまりにも唐突に、臨床心理士として働きはじめた頃の記憶が、脳裏に鮮明に蘇ってきた。

これは俗に言う走馬灯だろうかと思いながら、抵抗せずに意識を委ねると、真っ先に頭を巡ったのは、一華が霊に悩む相談者に対し、初めて「すべて幻覚です」と説き伏せた日のこと。

あのとき覚えた達成感は、今も忘れられない。

この仕事なら、たとえ表面上であっても、自分が理想とする世界が作れるのではないかと、理不尽な恐怖に悩まされることのない、平和な日常を演出できるはずだと、手応えと同時に強い使命感が生まれた。

当然ながら、その果てに自分が霊に命を脅かされる日が来るなんて、当時の一華は夢にも思っていない。

すべてが狂ったキッカケは、言うまでもなく、翠との出会いにある。

途端に翠のヘラヘラした表情が頭に浮かび、苛立ちが込み上げてきた。

「……なに、が、理想、郷……」

無意識に恨みごとが零れ、一華はハッと我に返る。

金縛りの最中に声を出せたという普通ならあり得ない事実に、正直驚いていた。

まだ抵抗の余地があるのではないかと、心の中に、小さな希望が生まれる。

けれど、試しに体に力を込めてみても、相変わらず指先ひとつ動かせなかった。

つまり、声が出ること以外、状況はなにひとつ好転していない。――にも拘らず、不思議と気力だけは復活していた。

やはり動力源は怒りらしいと、一華は自分のおかしな体質に感謝しながら、ふたたび思考を巡らせる。

するとそのとき。

ふと、女の胸元にべったりとこびりつく血痕が目に入った。

よく目を凝らせば、血痕が広がる衣服には、十数箇所にわたって不自然な切れ目が開いている。

「刺し、傷……？」

呟くと同時に、この女は殺されたのだと、――しかも、刃物で胸を繰り返し刺されたのだと、おぞましい推測が浮かんだ。

それと同時に頭を過ったのは、まだ一華が実家にいた頃に、蓮月寺の住職を務める父から聞いた話。

昔から、父が一華を直接教育するようなことはほとんどなかったけれど、ただ、「同じ悪霊でも、殺された霊の抱える無念は他とは比較にならないくらい大きい」と、さらに「そういう悪霊は、ほとんどの場合手のほどこしようがない」という話は何度も聞かされ、見かけても絶対に近寄らないようにとしつこく念を押されていた。

女の有様と父の話が重なり、あれはこういうことだったのかと、一華は密かに納得する。

とはいえ、父からの警告のせいで気持ちが怯んでしまうようなことはなかった。

もし自分が蓮月寺という特殊な血筋の生まれであることを心から受け入れ、父の教えに忠実な娘だったなら、聞いた通りの悪霊を前にしてあっさりと心が折れていたかもしれないと、一華は思う。

ただ、凄惨な傷痕を目にした一華の心に浮かんでいたのは、小さな同情心と、それをはるかに上回る憤りだった。

「……かわいそう、だと思う、――けど」

込み上げるままに呟くと、目の前に迫る目が不気味に揺れる。

「どんなに、……関係ない人に、怒りをぶつけたって、救われないよ……？」

こんなことを言っても怒りを煽るだけだとわかっていながら、一華には感情を制御することができなかった。

そして。

「私は、あなたの無念の捌け口になんか、ならない――」

そう口にした、瞬間。

突如、両肩を押さえつける女の手に強い力が籠った。

かと思えば、一華の頬に、パタンと音を鳴らして大きな水滴が落ちる。

一瞬、女の霊が零した涙かと思ったけれど、それはすぐに二滴、三滴と続き、あっという間に一華の全身を濡らした。

トンネルの中で雨などあり得ないのに、それはみるみる勢いを増し、やがて呼吸すらままならないくらいの豪雨と化す。

「くる、……し……」

金縛りのせいで顔を背けることすらできず、一華はたちまちパニックに陥った。

しかし、そのとき突如胸元に重い衝撃を受け、全身を突き抜ける程の痛烈な痛みが走る。

いったいなにごとかと、最悪な状況の中で必死に目を開けた一華の視界に入ったのは、さっきまで目の前にいたはずの女の霊の姿ではなく、一華に馬乗りになって両腕を振り上げる、大柄な人影だった。

体格の大きさから考えて、おそらく男だろう。

その男は、理解が追いつかずに呆然とする一華の胸を目がけて、振り上げた腕を勢いよく振り下ろした。

ふたたびさっきと同じ激痛が走り、一華は体験したことのない苦痛に混乱しながらも、――これは、女が殺されたときの記憶だと察する。

見れば、男が何度も振り下ろしているのは刃渡り三十センチはあろうかという刃物で、体から抜くたびに大量の血飛沫が舞い、降りしきる雨に流されていった。

状況から考えて、女の命が絶望的であることは明らかだが、それでも、男はまるで壊れた機械のように、その動作を何度も何度も繰り返す。

『お前は……、俺を……、裏切っ……』

刃物を振り下ろすごとに、男の口から恨みごとが漏れた。

なんと猟奇的で怖ろしい光景だろうと、一華は心の隅々まで冷たく冷えていくような感覚を抱く。

けれど、――それでもなお、一華が覚えた憤りが揺らぐことはなかった。

「……だ、から……、こんなの、私に見せ、たって……」

何度もやってくる衝撃と痛みに苦しみながらも、一華は強気な言葉を口にする。

会話が通じる相手だなんて思ってはいなかったけれど、そうする以外に精神を保つ方法が思い浮かばなかった。

「あなたの……、苦しみが、膨らむだけ、なのに……」

途切れ途切れの声は、すぐに雨にかき消される。

全身に容赦なく打ち付ける痛いくらいの冷たさが、女の記憶から伝わってくる孤独や寂しさや苦しみを残酷なまでに助長していた。

それでも、同情したら最後、女の魂に呑まれてしまう気がして、一華はそれらの感情をも怒りに変換していく。

そして、その複雑に練り上げられた怒りをぶつける先として思い浮かんだのは、やはり一人だった。

「って、いうか……」

低い声が出ると同時に、指先に、ほんのわずかに力が戻る。

「なに、してんのよ……、いつになったら、助けに、来るの……」

朦朧とする頭のずっと奥の方で、怒りながら助けを求めるなんてずいぶん間抜けだと、のん気なことを考えている自分がいた。

その一方で、もしこの訴えが届かなかったならすべて終わりだと、最悪な結末がみるみるリアルさを増していく。

しかし。

「す、い……」

なけなしの力を振り絞って名を呼んだ瞬間、――ふいに、両腕を思い切り引っ張られるような衝撃を覚えた。

途端に目の前の景色が暗転し、あれほど激しかった雨もピタリと止まる。

なにが起きたのかわからず、一華はしばらく呆然としていた。

そのとき。

「早く起きて、まだ全然追い払えてないから」

間近で響いたのは、やや焦りを帯びた翠の声。

「え、翠……。私、今……」

「呑まれかけてたんだよ、霊に。それにしても間に合ってよかった。この視界で一華ちゃんを見つけられるかどうか危ういところだったから」

「…………」

女の霊の記憶を追体験した時点でおおかた予想はしていたけれど、淡々と怖ろしい事実を告げられ、改めて背筋が冷えた。

さらに、翠が言う通りまだ危機を脱していないという事実は、相変わらず辺りに充満している禍々しい気配から明らかだった。

一華は痛む上半身を無理やり起こし、辺りを見回す。

すると、少し暗闇に慣れた目に、ぼんやりと立ち尽くす白い影が映った。

「近い……」

「この幻覚はいわば向こうのテリトリーだから、距離を詰めるのは簡単だよ」

「……で、どうやって逃げる気なの……」

「それが、完全に標的にされちゃってるみたいだから、逃げるのは無理かも」

「は……？　じゃあ、どうするの……？」

「どうするもなにも、一華ちゃんを見つけて正気に戻すところまでしか考えてなかったからなぁ」

「なにをのん気な……。まさかとは思うけど、私にアレを捕まえさせようとか思ってないよね……？　たった今取り込まれようとしてた私に……」

今にもそう言い出しそうで、一華はクラッと眩暈を覚える。

けれど、翠は慌てて首を横に振った。

「いや、俺そんなに鬼じゃないよ。方法はいくつかあるんだけど、なにせこっちはボロボロだし、せっかくだから式神に助けてもらおうかなって」

「式神って、まさか田中さん……？」

名を口にするやいなや、たちまちあの不気味な姿が思い浮かぶ。けれど、今ばかりは、その怖ろしさに心強さすら覚えた。

ずいぶん都合のいい話だが、この局面での田中の存在程頼りになるものはないと。

しかし、勝手に期待を膨らませる一華を他所に、翠はふたたび首を横に振った。

「ううん、田中さんの専門分野は偵察だから」

「偵察って、あの見た目で……？　じゃあ、誰に……」

「それなんだけど、せっかくだから試してみたい子がいて。これまで実戦に使う機会がなかったし」

「試す……？　なんだか知らないけど、この状況でそんな実験みたいなことやってていいいのーー……？」

「いいもなにも、今連れてる式神の中でアレに敵うとすれば、一体しかいないよ」

翠はそう言って、張り詰めた場にそぐわない笑みを浮かべる。

しかし、そうこうしている間にも、――ベシャ、と、暗闇の奥から聞き覚えのある足音が響いた。

「ちょっと……、急がないと、また……！」

気配が大きく膨張し、同時にさっき見せられた死の瞬間の記憶が鮮明に呼び覚まされ、一華はなかば無意識に翠の服の裾をぎゅっと摑む。

すると翠はごく自然な動作でその手を取り、宥めるかのようにぐっと力を込めると、どこか意味深に笑った。

「じゃあ、指示してやって」

「は？　私が？」

「助けてほしいって、――タマに」

「タ、タマ……？」

翠がタマの名を口にした瞬間、どうやらこの男は万策尽きて投げやりになってしまったようだと、一華は怒りを通り越して啞然としていた。

「あんた、やっぱ鬼でしょ……。式神が逆らえないからって、あんな小さな子にやらせようとするなんて……」

即座に抗議したものの、翠は一華にまっすぐな視線を返す。

「いいから早く。タマは今、君の指示しか聞かないから」

「いや、人の話聞いてる……？」

「言い合いしてる暇ないんだって。ほら、もう気配がすぐそこまで——」

翠の言葉が途切れたのと、一華の心臓がドクンと大きく跳ねたのは同時だった。

それも無理はなく、女の霊はすでに間近まで迫っていて、さっきよりもさらに深い恨みと怒りを湛えた目で一華を見下ろしていた。

一華は硬直し、言葉ひとつ出せないまま、ただ呆然とその姿を見上げる。——そのとき。

「——一華。俺を信じて」

真っ白になった頭に響いたのは、翠のこれまでになく真剣な声と、はるか昔に聞いたことがあるような台詞。

そして。

「タマ、——たす、けて」

翠の声に導き出されるかのように、一華はタマへ救いを求める。——瞬間、辺りの空気がビリッと張り詰め、酷い耳鳴りに襲われた。

まるで悪霊でも現れたかのようなその反応に、一華の全身の肌が粟立つ。

かと思えば、今度は胸のあたりがじわりと暖かくなり、上着の首元からタマがスルリと抜け出してきた。

すとんと地面に降り立ったタマは、しなやかな動きで一度大きく伸びをし、それから一華を見上げて『にゃぁ』と鳴く。

その、さも寝起きといった間延びした声を聞き、一華は一段と不安を覚えた。

どんなに考えても、タマに丸投げするなんてあまりにも無謀ではないだろうかと。

「タマ……」

やはり止めるべきだと思い、一華はその名を呼ぶ。

しかし、タマはずいぶんリラックスした様子で二度目の伸びをし、それからようやく女の霊に視線を合わせ、――突如、体を大きく膨張させた。

「え……？　なん……」

突然の信じ難い光景に、一華は言葉を失う。

タマの体は巨大化しただけでなく、纏う気配までもがずいぶん荒々しいものに様変わりしていた。

まったく理解が追いつかないまま、一華はいきなり目線が同じ高さになったタマを見つめる。

そして、思わず息を呑んだ。

「あれ……？　猫……、だったよ、ね……？」

疑問形になった理由は、言うまでもない。

一華の目を捉えたタマの目つきはずいぶん獰猛で、おまけに口元からは鋭利な牙が覗いていた。

さらに、その全身を覆っているのは、特徴的な斑点模様。

「なんか……、ヒョウに見えるんだ、けど……」

ひとり言のような呟きが漏れた瞬間、タマはその鼻先を一華の頰にすり寄せる。

見た目も雰囲気も完全に猛獣なのに、その仕草はとても可愛らしく、逼迫した状況にも拘らず、心が緩んでしまっている自分がいた。

一華は無意識に手を伸ばし、その首元をゆっくりと撫でる。そしてその気配を間近で感じ、――これは確かにタマだと確信した。

とはいえ、疑問はまったく解消されておらず、一華はタマの金色の目を見つめながら問いかける。

「で、でも……、なんでそんな……」

「とりあえず、今詳しい話をしてる場合じゃないから、また後でね。……じゃあタマ、よろしく」

翠のその声を合図に、タマは一華の服を咥えて思い切り後ろへ引っ張り、女の霊から引き離した。

あまりの力に一華の体はよろけ、倒れる寸前で翠に支えられる。

「ごめんね、タマはああなるとちょっと動きが荒々しくて」

「そんなのん気なこと、言ってる場合じゃ……！」

相変わらず翠の悠長な態度がもどかしく、一華はすぐに姿勢を起こしてタマたちの方へ視線を向け、――思わず目を見開いた。

なぜなら、少し離れたところから目にしたタマの体が、ぼんやりと発光して見えたからだ。

神々しさすら感じられるその佇まいに、一華は言葉を失う。

そして。

「大丈夫。速攻で終わるよ」

翠の呟きと同時にタマは低い咆哮を響かせ、目で追えない程の素早さで女の霊に牙を立てたかと思うと、そのまま地面に押さえつけた。

それは、ものの数秒にも満たない間のできごとだった。

女の霊はまるで人形のように身動きひとつ取らず、次第にその輪郭がじわじわと曖昧になり、霧のように散っていく。

やがて、あれ程禍々しかった気配がすっかり薄くなった頃、翠が少し慌てた様子で一華の肩に触れた。

「一華ちゃん、アレ、捕まえた方がいいかも」

「捕まえ……って、私はさっき失敗してるし……」

「いや、タマのお陰で同化してた霊が離れて、女の霊の気配がずいぶん小さくなったから、今ならやれるはず。タマは霊の気配を一時的に散らすことはできても、祓ったりはできないから、放っておいたらまた復活すると思うし。後々のことを考えたら、回収しといた方が安全でしょ」

「……さっきは逃げるとか言ってたくせに」

「嫌味を言えるくらい元気が戻ってなによりだよ」

「……なにそれ、腹立つ」

「ともかく、君の手でトンネルの悪霊なんてなかったことにしてやって」

「…………」

正直、翠が言う程元気なわけではなかったけれど、「トンネルの悪霊なんてなかったことにしてやって」という翠の言葉は、不本意にも、自分のために幻覚説を唱え続けている一華の心のど真ん中に刺さった。

扱いを知られたようで正直不快ではあるが、一華は頷き、徐々に霧と化していく女の霊に向かって足を進める。

「タマ、ありがとう……」

タマの背中をそっと撫でると、タマは甘えるような声を上げた。

猛獣が物騒な霊を前脚で押さえつけているという物々しい絵面だが、その声を可愛いと思ってしまっている自分がなんだか可笑しかった。

一華はポケットから予備の試験管を取り出して一度深呼吸をし、数珠を握った左手を女に向かってゆっくりと伸ばす。

やがてその気配に触れた途端、一華の手は氷のように冷たい感触に包まれたものの、程なくして女の体は完全に霧散しあっさりと試験管の中に吸い込まれていった。

その様子はクリニックで捕獲してきた霊たちとなんら変わらず、散々怖い思いをした一華にとっては少し拍子抜けだった。

やがて、すべてが中に収まったことを確認すると、一華は試験管に栓をして、仕上げにお札を巻き付ける。

その途端、周囲の空気がスッと軽くなった。

同時にタマも猫の姿へと戻り、一華の足元に体をすり寄せながらゴロゴロと喉を鳴らす。

「……終わっ……たん、だよね」

いまひとつ実感が湧かずに翠を見ると、翠は穏やかな笑みを浮かべ、トンネルの奥を指した。

促されるまま視線を向けた一華の視界に入ったのは、ほんの十数メートル先でぽっかりと口を開けるトンネルの出入口。

その奥には、月に照らされた山林の風景が見えた。

「う、嘘でしょ、こんなに近くに出入口が……」

「しかも、もうすっかり日が暮れてるし」

「言われてみれば、確かに……。体感ではトンネルに入ってまだ一時間くらいなのに、もう夜になってる……」

「ほんと、とんでもない霊障だったね。トンネルから出られなくなるホラー話って定番だけど、あれって本当にあるんだなぁ」

変わらずのんきな翠の口調に、一華の体からどっと力が抜ける。

それと入れ替わりに今度は酷い疲労感に襲われ、体のいたるところが痛みはじめた。

恐怖ですっかり麻痺していたけれど、思い返せば、一華はこの一連の騒ぎの間に体を何度も地面に打ちつけられている。

自覚した途端に立っているのも辛くなり、一華はその場にしゃがみ込んだ。

「本当にあるんだなぁ、じゃないってば……、こっちは本当に死ぬかと思ったのに。

弱々しく呟くと、翠が傍に膝をつき、一華の腕を自分の肩に回す。

そして、思いの外丁寧な動作で、一華を支えたままゆっくりと立ち上がった。

「ご苦労さま。俺が背負うから寝ちゃってもいいよ」

「いや……、なに言ってんの……。あんたみたいな細い男に私が運べるわけ……」

文句を言いかけたものの、立ち上がった瞬間にたちまち眩暈に襲われ、語尾が途切れる。

もはや抵抗する気力もないまま、一華は重いまぶたを閉じた。

「……勇敢なんだよなぁ、昔から」

早くも曖昧になった意識の中、ふいに聞こえてきたのは、翠の小さな呟き。

さも意味ありげな言葉なのに、朦朧とした頭では、思考を働かせることができなかった。

ただ、翠の声があまりにも優しく、背中が暖かいので、心が勝手に気を許し、次第に心地よさすら覚える。

そして、――もしかすると、自分が忘れているのは案外温かい記憶なのではないだろうか、と。

意識を手放す寸前、一華の頭には、これまで考えもしなかった予感が巡っていた。

＊

目を覚ますと、目の前にあったのは、見覚えのない天井。

ぼんやりと眺めるうちに頭がじわじわと覚醒をはじめ、少しずつトンネルでの出来事が蘇ってきたけれど、力尽きてからの記憶は少しもなかった。

「ここ、どこ……」

ひとり言を呟くと、間近でにゃぁと鳴き声が響く。

見れば、お腹の上で香箱座りをしたタマが、一華と目を合わせてゆらりと尻尾を振った。

「……そんなさも猫みたいな座り方してるけど、あなたヒョウでしょ……」

思わず突っ込むと、離れたところから翠の笑い声が響く。そして。

「ヒョウも猫科だからね」

翠はそう言いながら一華の傍へ来て、水のペットボトルを差し出した。

一華は鈍痛の走る上半身を無理やり起こし、受け取った水をひと口飲んでから、こっそりと周囲を確認する。

改めて見てみれば、そこはごく簡易的なキッチンが備え付けられただけのずいぶんガランとした空間で、置いてあるものといえば、デスクに棚に、まさに今一華が寝ているソファセットくらいしかなかった。

生活感がまるでなく、さっき呟いた疑問がさらに膨らむ。

すると。

「ここ、俺の事務所だよ」

一華の考えを察したのだろう、翠は質問するより先にそう答えた。

「事務所って、四ツ谷の……？　あの話、本当だったんだ」

「嘘だと思ってたの？」

「まあ、翠に関しては全体的に嘘くさいから。……それより、どうしてここに運んだの……？」

「どうしてもなにも、一華ちゃんは全然起きないし、常識的に考えて、勝手に家の中まで送り届けるわけにはいかないし」

勝手に家の住所を調べる時点で十分非常識だと反論しかけたものの、意識のない自分をソファまで運ばせてしまったことはこの状況から明白であり、一華はかろうじて言葉を呑み込む。

「……ところで、タマってなんで猫に扮してるの」

本当はもっといろいろと聞きたいことがあるはずなのに、まだ整理しきれない頭では上手く選べず、ひとまずそう尋ねた。

　すると、翠は横からタマの頭を撫でながらゆっくりと口を開く。

「視える人間がいたら驚くだろうから、そういう指示をしてるだけだよ。そもそも、あの姿でいると消耗が激しいみたいで、ある程度時間が経つと動けなくなっちゃうんだ」

「そんな、特撮ヒーローじゃないんだから」

「システム的には似たようなものだよ」

「……そう。それにしても、こんなに強い動物霊が存在するなんて、今でもまだ信じられない。タマって、元々はインドの呪具に憑いてたって話だったよね？」

「そうだよ。知り合いいわく、インドにはまだまだ開かれていない場所が多くあるし、日常的に呪いを使う希少な民族もたくさん残っていて、だから呪具に霊が残ることもあり得るんだって」

「だったら、その民族がヒョウの霊を捜して捕まえて呪具に閉じ込めたってこと？……いくら希少な民族だっていっても、さすがに現実的じゃなくない？」

「いや、捕まえたっていうか、タマは呪いの材料として殺されたんだと思う。いわゆる、生贄《いけにえ》的な意味で。まぁさすがに現代では減ってるだろうけど、呪いに動物の命を使うなんてことは昔からよくある話だし」

「……生贄、って」

軽い疑問をぶつけたつもりが、想像もしなかった重い回答が戻ってきて、一華は言葉を失う。

一華は呪いについての知識をほとんど持っていないけれど、虫や動物の命を利用する呪いが存在するという話は、実家にいた頃に聞いたことがあった。

「命を使う呪いって、すごく強力なんじゃないの……？」

「そりゃ、数ある呪いの中でも最上級だよ。人を殺したいときくらいしか使わないんじゃないかな」

「……そんなこと、サラッと言わないで」

一華は文句を言いながら、改めてタマの柔らかそうな体に触れる。

ヒョウに変わった瞬間は度肝を抜かれたけれど、過去に可哀想な目に遭ったのだと思うと、なんだか胸が痛んだ。

「それにしても、本当によく懐いたね。一華ちゃんが寝てる間、片時も傍を離れなかったし」

「そう、なの……？」

「うん。一華ちゃんが必死に守ってくれたこと、嬉しかったんだと思うよ」

そう言われて思い出すのは、タマを咄嗟に上着の中に隠したときのこと。

ただ、結果的に逆に助けられてしまったぶん、少し複雑な気持ちだった。

「タマ、ごめんね。無茶させて」

小さく謝ると、タマはゴロゴロと喉を鳴らす。

その様子が愛しく、一華は思わず笑みを零した。――そのとき。

「ってかさ、……一応聞くけど、これからも手伝ってくれる……よね？」

突如、翠がさも気まずそうにそう口にした。

翠がやけにビクビクしているのも無理はない。新たに仕切りなおした今の協力関係は脅しで成り立っているわけではないため、一華が自分の望みを諦めさえすれば、解消することができる。

それをふまえた上で自分の姿を見てみれば、どこもかしこも痣だらけで、有り体に言って満身創痍だった。

正直、初めて翠に付き合った上での感想は、これでは命がいくつあっても足りないというシンプルかつ致命的なもの。

しかし。

「心の底から嫌なんだけど、……まあ、もう少しだけ。今回はタマに助けられたから、それに免じて」

口を衝いて出たのは、自分自身でも少し意外な言葉だった。

翠がたちまち目を輝かせ、一華の手を取りぎゅっと握る。

「よかった……！　今回ではっきり感じたんだけど、君の視力は本当に優秀だし、捕獲も手慣れてるし、いてくれると本当に心強いよ……！」

「……そう」

一華は頷きながら、協力してほしい理由として一華の能力のみに言及する翠に、逆にわざとらしさを感じていた。

というのは、もはや翠と過去に接触していることは確実であると、さらに、翠がやたらと一華に執着する理由もそれに関係するのではないかと、これまで小出しにされた些細なヒントからすでに確信していたからだ。

そして。

「それに、私も――」

翠の傍にいれば、なにか大切なことを思い出せそうな気がする、と。

つい心の声を口にしかけ、一華は慌てて口を噤《つぐ》んだ。

「私も？　なに？」

「いや、……別に」

「気になる」

「ってか、急に思い出したんだけど、トンネルの中で私のこと呼び捨てにしなかった？」

「え？　そんなことあった？」

「あった。普段は〝一華ちゃん〞なんて呼んでるけど、心の中ではどうせ雑に呼んでるんだろうなって」

「ちょっ……、そんなわけないって……」

「まぁ別にどうでもいいけど」

「全然よくない……！　ってか、どうでもいいは傷つくって！」

想像以上に焦る翠を見て、どうやらあれは本当に無意識だったらしいと察する。

だとすると余計に呼び捨ての意味が気になったけれど、翠がこの調子では判明しそうになく、一華は戯れに翠を責めながら、ひとまず話を逸らせたことにほっとしていた。

第三章

嶺人から着信があったのは、トンネルでの一件から十日程が経ったある朝のこと。

ここ数日というもの、携帯を見るたび戦々恐々としていた一華は、ディスプレイに表示された名前を見て、ついにきたかと重い溜め息をついた。

「——前回もだけど、あんな霊をいったいどうやって捕まえたんだ？　一華は無事なのかい？」

通話をタップした途端に響いたのは、やや焦りを帯びた嶺人の声。

一華は携帯を耳から少し離し、二度目の溜め息をつく。

正直、こうなることはわかっていた。

けれど、女の霊を捕まえてしまった以上放置するわけにもいかず、迷った結果、しばらく溜めていた他の霊といっしょくたにして嶺人に送り、今に至る。

「いや、それが、たまたま遭遇して。運よく捕まえちゃったっていうか……」

「そんなわけがないだろう。あれは残酷な殺され方をして恨みを募らせた、とても危険な霊だよ。少なくとも、普通に生活していて出会う類じゃない。……まさか、自分から危険な場所に近付いたんじゃないだろうね」

「そ、そんなことしないって！……実はあの霊、知り合いがリサイクルショップで買った指輪に憑いてて……」

「中古の指輪か。……あり得なくはないけど、指輪程度の石に収まりきれるとはとても……」

「あり得るもあり得ないも、事実なの」

「……とにかく、一華が無事ならよかったよ」

ちなみに、指輪云々の話は、女の霊の対応に悩んでいた一華に対する、翠の入れ知恵。

翠が「もっとも自然でよくある話」と語っていただけあって、嶺人からの追及が思ったより早く終わり、一華はほっと息をつく。

一方、嶺人の声にはやや疲れが滲んでいた。

「……ただ、彼女は相当な無念を募らせていたから、簡単に供養というわけにはいかなそうだ。どうやら、事件も解決していないようだし」

「解決してない、っていうのは……？」

「彼女が殺された件だよ。それについては年代も捜査状況も、そもそも明るみに出ているかどうかすら不明だけれど、少なくとも遺体はまだ見つかっていないんだろうから。

……肉体が正しく供養されていないから、なおさら浮かばれようがないんだ」

「じゃあ、あの女性はまだ、どこかに……」

悲惨な死に方と無念の深さからある程度予想はしていたけれど、嶺人から聞くと途端にリアルさを増し、背筋がゾッと冷える。

かたや、嶺人は困ったように笑い声を零した。

「とはいえ、未解決の事件なんて山程あるし、彼女のように誰にも見つけてもらえない遺体も多く存在するからね。こんな仕事をしていると、むしろその方がずっと多いことに気付かされる。……ともかく、まずはどうにか対話を試みて遺体の場所を突き止め、そっちは警察に任せつつ、私は彼女が浮かばれるための方法を考えるよ。もちろん、叶う保証はないけれど」

「そ、そんなに大変なことなんだ……」

「住職がよく言っていただろう。殺された霊が抱える無念は大きく、ほとんどは手のほどこしようがないって」

「それは覚えてるけど……、じゃあ、すごく迷惑かけちゃったね」

「そういう意味じゃない。一華が気にする必要はないし、むしろ、頼ってもらわないと困る。――それに」

突如、嶺人が意味深な間を置いた瞬間、一華は長年で培った勘で不穏な空気を察し、反射的に身構える。

すると。

「一華が高い資質を持っていることを、改めて実感したよ。おそらく、同じ稼業を営む多くの寺が君を嫁にと望むだろうね」

「………」

「私も誇らしいよ」

想像通りの言葉が続き、一華の心がスッと冷えた。

嶺人は蓮月寺の英才教育を受けて育っただけあって、こういう面に関しては特に、時代の流れにそぐわない考えを持っている。

つまり、一華もいずれどこかの寺に嫁に行き、優秀な後継を産むことこそ最大の幸せだと、少しの疑いもなく考えているらしい。

正直、一華はこの手の話がもっとも苦痛だった。

いっそ、寺に嫁入りする気はないとはっきり宣言できたならどんなにスッキリするだろうと思うけれど、さすがにそんな勇気はない。

結果、先延ばしにしているだけだとわかっていながら、いつも曖昧に流すことしかできなかった。

「……嶺人、私、そろそろ仕事が」

「ああ、ごめんよ。また連絡するから、くれぐれも無理しないようにね」

「うん。嶺人も」

「いつも一華の無事を祈ってるから」

「……ありがとう」

電話を切った後、一華は蓄積した陰鬱な気持ちを発散するかのごとく、枕に顔を埋めて大声で叫ぶ。

すぐにタマがひらりとベッドに乗り、心配そうに一華の顔を覗き込んだ。

「……ごめん、大丈夫」

そう言って首元を撫でると、タマは満足そうに目を細める。

出会って約十日、ふとした瞬間にこの子はヒョウだと我に返る瞬間はあるものの、気付けば一華はすっかりタマとの生活に馴染んでいた。

最初こそ、タマを付けたのは翠の監視目的ではないかという警戒心もあったけれど、タマは一時たりとも一華の傍を離れることなく、翠いわく、あれ以来、呼んでも完全に無視されているとのこと。

たった一度守っただけなのに、タマにとってはよほど印象的だったのだろう。ただ、その健気さが逆に辛い過去を連想させ、一華にとっては少し複雑でもあった。

「……別に、恩なんて感じなくたって、自分が行きたいところに行っていいんだよ。式神の契約なんて、どうにでもできるんだから」

嶺人との会話のせいか、つい自分と重ねてしまった一華は、少し不憫に感じてタマにそう提案する。

しかし、タマはにゃぁと鳴いただけで動く気配はなく、そんなタマの反応に、一華は密かに安心していた。

というのは、一華にとって、自分のことをなにひとつ偽る必要がない相手と過ごすのは初めての経験であり、ここ十日ですっかり居心地のよさを感じていたからだ。

生まれも置かれている状況も複雑な自分に、真の理解者なんて到底存在しないと思い込んでいたけれど、タマは、ただただ寄り添っているだけで、一華の心の隙間を綺麗に埋めてくれた。

霊と関わらずに生きていきたいという信念とは矛盾しているが、タマはもはやそれすら凌駕する勢いで、あっという間に愛しい存在になった。

一華はそんなタマを心ゆくまで撫でた後、ようやく支度をはじめる。

そして、――ふと、ここ数日、翠から連絡がないことを思い出した。

これからも協力すると約束したときは、今後はさらに無駄な連絡が増えそうだと覚悟したけれど、蓋を開けてみればそんなことはなかった。

少し拍子抜けではあるが、連絡なんて来ないに越したことはない。

一華は早々に考えるのをやめ、平和な日常のありがたみを嚙みしめながら、家を後にした。

しかし。

「――でね、埼玉の山間部に、三十年以上前に閉院した診療所があるんだけどさ」

「……待ってよ。こっちは、ついさっき仕事が終わったばかりなの。後で聞くから、せめてひと息つかせて」

翠からの連絡があったのは、まさに平和を嚙み締めたその日の退勤後のこと。

早急に相談したいことがあると言われて、散々渋ったものの、クリニックの前にはすでに見覚えのあるRV車が停まっていて、なかば連行される形でやってきたのが、翠が運営する四ツ谷の探偵事務所だった。

これまでの翠ならば、強引ではあっても、一応は一華の都合を尊重しようとする気持ちが窺えたように思う。

けれど、今回はそんな余裕すらなかったのか、顔を見た瞬間に察してしまうくらい、明らかに高揚していた。

翠をそうさせる原因を、一華はひとつしか知らない。

おそらく、自分の視力を奪ったかもしれない、いわゆる〝やばい霊〟の情報を得たのだろう。

それが正解だったと確信したのは、事務所に到着し、翠が一階の駐車場に車を停めながら、待ちきれないとばかりに先の台詞を口にしたときのこと。

病院のような人の出入りが多い場所にはただでさえ霊が集まりやすいというのに、山間部にある上、閉院して三十年も経っているだなんて、想像を絶するような怖ろしいものがうろついていたとしてもなんら不思議はなかった。

心底うんざりする一華を他所に、翠はエンジンを切ると身軽な動作で車を降り、うやうやしく助手席のドアを開ける。

「いらっしゃい。早くも二度目だね、ここに来るの」

そう言って屈託のない笑みを浮かべ、さも当たり前のように一華に手を差し出した。

「……不本意にもね。っていうか、そういう扱いやめて」

「でもこれ車高が高いし、一華ちゃん今日ヒールだし」

「……それはお気遣いどうも。でも、私は大丈夫だから」

密かに、そういえば今日はヒールだったと思ったものの、今さら後には引けず、一華は不恰好になりながらも手を借りずに車から降りる。

ただ、こうなってしまうのは相手が翠だからではなく、女性のあるべき論でがんじがらめの環境で育った一華に生じた、ある種の反動だった。

この可愛げのなさにはさぞかし呆れているだろうと思ったけれど、翠はそれすら楽しそうに笑う。

そして、二人はビルの正面から上階へと伸びる急な階段を上り、二階に看板を掲げる「四ツ谷探偵事務所」に入った。

翠は一華をソファに座るよう促すと、簡易キッチンでコーヒーメーカーの準備をし、いそいそと正面に座る。

その態度には、すぐにでも本題に入りたいという胸の内が滲み出ていたけれど、一華はあえて目を逸らし、事務所をぐるりと見回した。

「それにしても、本当になにもない部屋」

「そうかな。事務所に必要なものなんて、こんなもんじゃない？」

「ここで寝泊まりしてるわけじゃないの？」

「まさか。自宅はこの上だよ。三階のテナント用物件が埋まってなかったから、無理やり家にしてる」

「ってことはつまり、二フロアと駐車場を借りてるってこと？　本当にどうやって稼いでるの……？」

「いや、……だから、前職でいろいろ」

「……前職ねぇ」

前にも同じような会話をし、同じような雰囲気になったことを思い返しながら、一華は追及をやめる。

ただ、今の一華には、翠と関わった過去を思い出したいという目的があるぶん、以前のようにまったくの無関心ではいられなかった。

その気持ちが視線に出てしまっていたのか、翠は落ち着きなく立ち上がってキッチンへ行くと、たった今抽出がはじまったばかりのコーヒーメーカーの様子を窺う。

そんな姿を見ながら、この男はこの件に限っては異常に誤魔化すのが下手くそだと、一華はつくづく思った。

やがて、翠はようやくコーヒーの入ったマグカップを手にソファに戻る。

そして、まるでさっきのやりとりなどなかったかのような満面の笑みを浮かべ、携帯の画面を一華の方へ向けた。

見れば、そこに表示されていたのは、新聞のクリッピング。

拡大された記事の見出しには「廃病院にて二十代の男女五人が死亡　死因不明」とある。

いきなり目に入った穏やかでないワードに、一華は眉を顰めた。

翠はにやりと笑い、テーブルに身を乗り出す。

「この記事、さっき話した診療所で二十年前に起きた、五人の遺体が発見された事件の記事なんだ。新聞社のデータベースからダウンロードしたんだけど、当時はこんなふうに新聞各社が大きく報じて、テレビでも連日流れてたんだって。世間は大騒ぎだったらしいけど、一華ちゃんは覚えてる？」

「私はその当時六歳だし、全然……。でも、男女五人が亡くなって、しかも死因不明だなんて、そんなの騒がれて当然でしょ」

「そう。しかも、結局死因はわからないまま捜査が終了して、表向きは心不全ってことになったらしいよ」

「心不全……？　五人同時に？」

「あり得ないよね。まぁ死因が判明しなかった場合は、最終的に心不全って結論になりがちだから、これも、そういうことなんじゃないかと」

「へえ……、そういうものなんだ。……でもまぁ、とにかく事実上は未解決事件ってことね」

「そういうこと。――で、ここからが本題なんだけど」

突如翠が声色を変え、一華は胸騒ぎを覚える。

過剰な反応は翠を面白がらせるだけだとすでに学習していた一華は、あえて平静を装い、視線で続きを促した。

しかし。

「五人が発見されたとき、――全員、眼球を抜き取られてたんだって。ちなみに、その眼球は見つからなかったとか」

　想像を絶する衝撃の発言に、一華の演技はあっさりと崩壊した。

「は……？　が、眼球……？　全員の……？」

「そう。やばくない？」

「…………」

　頭の中でみるみるおぞましい想像が膨らみ、額に嫌な汗が滲む。

　しかし、かろうじて残っていた冷静さで翠の発言に違和感を覚えた一華は、咄嗟に翠の手から携帯を抜き取り、記事にざっと目を通した。

　すると、ある意味予想通りというべきか、記事にはそんな物騒な記述などどこにもなく、たちまち苛立ちを覚える。

「ちょっと、変な嘘つかないでよ。眼球がないなんて、ひと言も書いてないじゃない……！　だいたい、そんな異常な事件なら、これまでに一度くらい聞いたことがあってもおかしくないし！」

　一華は怒りを露わに、携帯を突き返しながら抗議した。――ものの、翠は悪びれるどころか、平然と頷いてみせた。

「書いてないよ。だってこの事件、報道規制が敷かれてるから」

「は？　報道規制……？」

それは、一華にはあまり耳馴染みのない言葉だった。

首をかしげると、翠はテーブルに置いてあったノートパソコンを開き、なにやら検索しながらふたたび口を開く。

「報道規制って、たとえば誘拐とかハイジャックとか、警察の動きを犯人に知られたくないときなんかに、メディアの報道を控えさせる目的で敷かれるものなんだよ。……ただ、それ以外にも倫理的な意味で施行される場合もあるらしくて。たとえば、事件の内容があまりにも残虐だった場合、とかね」

「つまり……、世間に流すにはあまりに刺激が強すぎる場合、ってこと……？」

「そう。診療所の事件も多分それ。眼球の件だけで十分想像がつくけど、事件現場はありのまま報道できるような状態じゃなかったんだろうね。かなり大胆な事件の割にいまだに未解決だなんて、よっぽど不可解なことが多かったんだろうし」

「…………」

澱みなく語るその様子から、翠はすでにこの件について相当な下調べをしていたのだろうと一華は思う。

ここ数日連絡がなかったのも、おそらくそれが理由だと。

ただ、翠の話を信じるには、拭うべきシンプルな矛盾がひとつ残っていた。

「……だとしたら、どうして事件の詳細を翠が知ってるの」

報道規制の話が事実ならば、一般市民の翠が知っているのはおかしいと、一華はわずかな動揺も見逃すまいと翠をまっすぐに見つめる。

しかし、翠は動揺するどころか、その問いも想定内とばかりに一華にパソコンの画面を向けた。

見れば、そこに表示されていたのは、個人のブログ。

ヘッダー部分に大きな文字で「2003年　埼玉診療所での不可解な死亡事件の真実」と記されており、一華は思わず息を吞んだ。

「これ、って……」

「このブログ、そもそも俺がこの事件のことを知ったキッカケなんだけど、犠牲者の遺族の一人が、心不全とか自殺説とか明確な結論が出ないまま捜査が終了したことに対して、警察への批判と賛同者集めを目的として発信してるブログなんだ。ざっと読んだんだけど、この人は独自の考察を続けていて、当時から殺人事件説を主張してるみたい。……まあ、そりゃそう思うよね。五人とも眼球が抜かれてた上にそれがどこにもないなんて、他に犯人がいるって考えるのが普通だし。じゃないと、五人のうちの一人は自分で自分の目を抉ったってことになるんだから」

「だけど、そのへんは警察が捜査したんでしょ……？」

「もちろん。ただ、現場は完全に密室で、五人以外の存在を証明するような形跡はひとつもなかったんだって。とはいえ、五人全員からは、他人の血液反応がまったく出なかったとか。……あくまで、このブログに掲載されてる情報によれば、だけど」

「……ちょっと待ってよ、他に犯人が存在しないことは状況から明らかなのに、自分たちでやった形跡もないってこと……？」

「だから、不可解なんだよ。もっと言えば、司法解剖によると、眼球は死後に抜かれた可能性が高いんだってさ」

「……いや、さすがにおかしいでしょ」

「おかしいんだよ。その時点で五人の中に犯人がいる説は完全に消滅するわけだし、でも現場は密室だし、だから迷宮入りなの。……なにせ、死んだ後に眼球を抜き取るなんて絶対に無理だからね。あくまで、人には」

「…………」

最後にわざとらしく付け加えられた言葉を聞いた瞬間、一華は、翠がやけに高揚していた理由を察した。

翠はつまり、この難解な事件の犯人として、自分の視力を奪った霊の関わりを考えているのだろうと。

「ねえ翠……、一応言っておくけど、たとえこの事件の犯人が霊だったとして、この五人は実際に眼球を奪われちゃったんでしょ……？　だけどあなたが奪われたのは、視力よね……？」

「そうだけど、眼球も視力もそう変わんなくない？　献血か成分献血かってくらいの違いで」

「……その喩《たと》え、全然ピンとこないんだけど」

「とにかく、俺からすれば、目に執着してるって時点で十分期待できるなって。少なくとも、行ってみる価値はあると思ってるんだよね。だいたい、こんなにやばい事件なんてそうそうないし」

翠はそう言いながら、一華に向けたパソコンを横から覗き込み、画面を下にスクロールする。

見れば、下部のコメント欄には記事に対する様々な意見や考察が溢れかえっていて、二十年経ってもなおこの事件に注目している人間が多いことを感じさせた。

とはいえ、その中には疑念を抱く意見や揶揄する声も相当数あり、一華は溜め息をつく。

「根本の話だけど、このブログを書いてるのって本当に遺族なの？　実際疑ってる人もたくさんいるし、創作の可能性だってあるでしょ？」

「まあね。ただ、それを今推測することって、さほど重要じゃなくない？　だって、現地に行きさえすれば、俺や一華ちゃんには一発でわかるんだから」

「……………」

反駁《はんばく》しようのない正論を言われ、一華はソファにぐったりと背中を預ける。

同時に、もはや行かないという選択肢は皆無なのだと察していた。

そして。

「今回も、一華ちゃんの視力と行動力に期待してるから」

そう言って楽しそうに笑みを浮かべる翠を見ながら、一華は、これからも協力すると宣言してしまったことを早くも後悔していた。


診療所へ向かったのは、その週の土曜。

トンネルの件からまだ二週間しか経っておらず、ペースの早さにうんざりする一華とは逆に、翠は期待に満ち溢れた表情で一華を迎えに来た。

「あれから調べたんだけど、被害者の五人のうち二人は都内の大学生で、オカルトサークルのメンバーだったんだって。で、残り三人はそこのOBらしいよ」

出発するやいなや、翠が語りはじめたのは被害者たちについての詳細情報。

気が重くなるような話題だったけれど、危険な現場に向かうとなれば情報は多いに越したことはなく、一華は黙って耳を傾けた。

「オカルトサークルって……。好奇心旺盛っていうか、物好きっていうか」

「全部例のブログから拾った情報なんだけど、事件当日に診療所に行ったのも、サークル活動の一環だったみたい。ちなみに、そのサークルの主な活動内容は、心霊現象の検証なんだとか」

「検証？」

「心霊スポットを回って写真を撮ったり、現地でキャンプして霊が現れるのを待ったりするらしいよ。例の診療所も有名な心霊スポットだったんだって。ま、その当時で考えても、閉院して十年経った診療所跡なんて十分不気味だしね」

「心霊スポットでキャンプって……。そんな場を荒らすようなことしたら、どんなに大人しい霊でも怒るでしょ。いつも思うんだけど、視えない人ってあまりに命知らずじゃない？」

「そこは同意。まあ彼らにとって心霊現象はファンタジーだからさ」

「……羨ましい」

つい本音が零れ、翠が可笑しそうに笑う。

これまで可能な限り霊を避けて生きてきた一華にとって、霊の感情を逆撫でするような行為をエンタメとする心理がまったく理解できなかった。

だとしても、命を奪うなんてあまりに罰が重すぎるのではないかと、同情する気持ちもある。

「その五人の魂も、多分浮かばれてないよね……」

「……やっぱり。今もまだ、診療所を彷徨ってるんじゃない？」

「そりゃね。回収できそうならするけど、二十年で相当拗らせてるだろうから、骨が折れそう……。そもそも、診療所が今どういう状態になってるのか、考えただけで憂鬱だわ」

「付き合わせといてなんだけど、絶対に油断しないでね。今回はトンネルの比じゃないと思うから」

「…………」

急な口調の変化に戸惑いながらも、確かにその通りだと、一華は思わず口を噤んだ。

というのは、眼球を奪われたのが本当に霊の仕業だとするなら、被害者たちに物理的な危害を加えているということになり、その時点でトンネルの霊とはもはや次元が違う。

ただ、そこは一華にとって大きな疑問点でもあった。

「……そもそもの話なんだけど、霊が視えもしない相手に、そこまで残虐なことをする……？」

霊に目をつけられた人間が被る被害のほとんどは、精神に影響をきたすもの。

たとえば、幻覚や幻聴などで正常な判断を鈍らされ、最悪の場合は自殺に追い込まれることもある。

つまり、そういう手段で間接的に命を奪うことはあっても、直接手を下して眼球を抜き取るだなんてあまりに荒唐無稽であり、過去にも耳にしたことはなかった。

しかし、翠は平然と頷く。

「それくらい強い執着を持ってこの世に留まってるってことだよ。一華ちゃんが言う通り、普通は視えもしない相手にそこまでやらないけどね」

「強い、執着……」

「にしても、霊能一家に生まれてそういう例を知らないってのは、一華ちゃんって結構大切に守られてたんじゃない？」

「……まさか。私は家のことにあまり関係がないから、情報が回ってこなかっただけでしょ」

「そうかなぁ」

「実家の話は今いいから」

思わぬ方向へ話が向かい、一華は無理やり話を終わらせ、わざとらしく窓の外に視線を向ける。

実家を出て何年も経つというのに、こうして話題に出るたびモヤモヤしてしまう自分にはうんざりするが、かといってどうすることもできなかった。

一気に気分が重くなり、一華は膝の上で丸くなっているタマの背中を撫で、心を落ち着かせる。

そして、いつか実家というある種の呪縛から解放される日がくるのだろうかと、自分の将来に思いを馳せた。

現地に到着したのは、十五時過ぎ。

上京して以来都内からほぼ出たことのない一華は、埼玉といえば東京の隣であり、さほど遠くはないだろうと簡単に考えていた。

しかし、ようやくカーナビから目的地付近であるという案内が流れたのは、出発して三時間弱が経過した頃。

翠は、高速を下りてさらに一時間以上走った先の、もはや自然以外になにもない山道の路肩でいきなり車を止めた。

周囲をぐるりと見渡してもなにも見当たらず、本当にここで合っているのかと無言の訴えをする一華に、翠は苦笑いを浮かべる。

「大丈夫大丈夫、適当に止めたわけじゃないから。そもそも診療所の周辺には目印になるものがなにもないから、緯度経度を指定して目的地に設定したんだよ。有名な心霊スポットなだけあって、SNSやら動画サイトやらで行き方を説明してくれてる人がいたから、それを参考に。だから、ここから徒歩数分圏内にあるはずだよ」

「目印がないって、診療所があったならそれなりに人が住んでたんでしょ？」

「大昔は、この辺りに数十世帯が住む集落があったみたい。でも急速に過疎化して、住人たちの高齢化も深刻だったから、診療所の閉院と同時期にみんな一斉に山を下りたんだって。だから今は誰も住んでいないし、この道を通る人間といえば、この辺りの山を所有する林業の会社の関係者か、それこそ心霊スポットとして面白がってる人くらいじゃないかな」

「……へぇ。それにしても、ずいぶん調べてるのね」

「調査は得意分野ですから。まぁとにかく、まずは診療所を捜そう！」

翠は三時間にもわたる運転の疲れをいっさい感じさせないテンションでそう言い、早速運転席のドアを開ける。――しかし。

車の中を一筋の風が通り抜けた途端、早速覚えた空気の異様さに、一華は全身の肌がざわざわと粟立つのを感じた。

ただ、それはいわゆる霊障とは違い、まるで元々こういう場所であるかのような、独特の異様さだった。

「なんかここ、すごく嫌な感じ……」

「ま、空気は相当澱んでるだろうね」

身構える一華を他所に、翠はある程度想定内だったのか、たいした反応もせずに平然と車を降りる。

一華も渋々その後に続いたものの、早速背中にのしかかってくるような空気の重さに、なんだか鈍い頭痛を覚えた。

「体が重……」

堪えられずに不満を零すと、翠は周囲を見渡しながら眉を顰める。

「重いってのは多分、気配が多すぎるせいかなぁ。どれも小さいけど、とんでもない数がいると思うから」

「この辺りに集まってるってこと？」

「そりゃ、集まるよ。山にはただでさえそういう気配が多いし、元々人が出入りしていた診療所なんてうってつけだし、……極めつけに、このすぐ近くで人が異常な死に方してるんだから」

「……確かに」

わかっていたつもりだったけれど、羅列されるとより憂鬱になり、一華はなんだか寒気を覚えて体を両手で摩る。

しかし、ふと目線を下げると、一華の足元にぴたりと寄り添うタマと目が合い、気持ちがわずかに緩んだ。

タマの強さはすでに知っているが、そのどこか不安気な表情を見ると保護欲が掻き立てられ、一華は咄嗟にタマを抱え上げ、前と同様に上着の中へ隠す。

タマはその居場所を気に入っているのか、一華がファスナーを上げるとにゃぁと満足そうに鳴いた。

そんな中、翠はしばらく道の脇をウロウロと歩き回った後、突如振り返って一華に手招きをする。

そして。

「一華ちゃん！ ここ、ちょっとわかり辛いけど道がある！ 診療所は多分、この先だよ」

そう言ったかと思うと、躊躇いもせずに森の中へと入っていった。

「ちょっ……、待ってよ……！」

正直あまり気が乗らなかったけれど、こんなところに置いて行かれてはたまらないと、一華は慌ててその後を追う。

翠が見つけた道はもはや獣道も同然で、かろうじて人が通った形跡があるものの、蔓延る植物が邪魔してなかなか前へ進めなかった。

ようやく診療所らしき建物が見えたのは、その道を二、三分進んだ頃のこと。

突如、草に埋もれるようにして建つ鉄の門に突き当たったかと思うと、そのすぐ先に、西洋風の三角屋根を持つ二階建ての建物を見つけた。

壁面には格子のついた窓が等間隔に並び、玄関側の二階には小さなバルコニーがあり、その柵には大きなスチール製の看板らしきものが吊り下がっている。

錆びに覆われ文字は読めないけれど、おそらく、かつては診療所の名前が表示されていたのだろう。

パッと見は豪奢な別荘といった雰囲気だが、そのやたらと主張の強い看板のお陰で、個人の邸宅でないことは一目瞭然だった。

「なんだか、想像と違うんだけど……」

「俺も思った。思ってたより大きいしね。でもまぁ、あからさまに病院って雰囲気よりは、こっちの方が抵抗なくない？」

翠はそう言うが、劣化した洋風の建物というのもまた独特の不気味さがあり、一華はあまり共感できずに眉を顰める。

「ない……かなぁ」

すると、翠が診療所の外観を観察しながら突如首をかしげた。

「……にしても、診療所の目の前まで来たっていうのに、さっきとあまり気配が変わらないね」

その瞬間、一華も小さな違和感を覚える。

「……言われてみれば」

「険しい道に気を取られて気付かなかったけど、やっぱ変だよね」

思い返してみれば、車を降りた時点ですでに空気は異様だった。

だからこそ、今からこんな状態なら診療所の近くはどうなっているのだろうと、一華は一抹の不安を覚えていた。

けれど、実際に診療所に辿り着いた今、気配が濃くなったような実感はまったくない。

ただ、だからといって安心できる程、のん気にはなれなかった。

なぜなら、過去にここで起きた事件が本当に霊の仕業ならば、気配が薄いなんてことはまずあり得ないからだ。

とはいえ、どんなに慎重に様子を窺っても気配に変化はなく、その奇妙さに、一華の足取りはさらに重くなった。

かたや、翠は平然と門を通過して玄関へ直行し、ドアに巻きつけられている「立入禁止」の札の下がるロープを躊躇いなく外したかと思うと、ドアの取手を掴む。

そして。

「ちょっと……、早いってば……！」

止める一華を無視し、思い切り開け放った。

さすがに気配が変わるだろうと、一華は咄嗟にその場にうずくまる。

しかし、しばらく待ってもやはり変化はなく、おそるおそる視線を上げると、翠が急かすように一華に手招きした。

「一華ちゃん、なにしてんの」

「……あのさ、いつも思うんだけど、なにかする前はひと言くれてもよくない？」

「鍵が開いてて手間が省けたね。……いや、鍵もドアも腐ってるのか」

「聞いてる？」

「聞いてるよ。ただ、のんびりして暗くなったら危険だからさ」

「………」

さらりと返された正論に、一華は口を噤む。

そして、翠がよく使う、適当な振る舞いを正論で締め括るこの戦法は本当にタチが悪いと、密かに苛立ちを覚えていた。

ただ、そのお陰か不安や恐怖は逆に鳴りを潜め、一華は気を取り直して玄関から中をそっと覗き込む。

備え付けの照明は当然使えないため、外から差し込む光しか視界を確保するものがなかったけれど、それでも、玄関から奥へまっすぐ続く廊下と、すぐ目の前にある二階へ続く階段を確認することができた。

廊下には等間隔にドアが設置されているが、一番手前の部屋だけはドアがなく、入口の上に「待合室」という表示が下がっている。

そういう細かい点も含め、診療所の中の構造は、外観と同様に、いわゆる病院と聞いて想像するものとはだいぶ違っていた。

それでも、廊下がタイルだったり手すりが設置されていたりと、いかにもといった部分もあった。

そんな中、やはり気になるのは、一向に変化する兆しのない屋内の気配。

建物に近寄ったときもそうだったが、中に足を踏み入れてもなおなんの変化もないなんて、どう考えても不自然だった。

「ここ、本当に事件現場……？」

疑問を口にすると、翠は頷きつつも、眉根を寄せる。

「変だよね。いっそ、どこかに霊を隠してるんじゃないかって思うくらいに」

「まさか……。そんなことができる人間なんて、霊能力者くらいでしょ」

「さすがに来ないか。でも、それくらい変なんだよなぁ」

翠は霊能力者説をあっさり一蹴したけれど、確かに診療所の中は、そうでもなければ説明がつかないくらいの違和感があった。

もし報道規制が敷かれた悲惨な内容を知らずにここを訪れていたなら、早々に、被害者たちはすでに浮かばれているという結論を出しただろうと。

けれど。

「いや、でも、絶対にいるはずなんだよ。あんな悲惨な目に遭った被害者が自然に浮かばれるなんてこと、まずないから」

翠は、まさに一華が考えていた通りの呟きを零した。

「私もそう思うけど……」

一華が同意すると、翠はしばらく黙って考え込む。——しかし、すぐにいつも通りの笑みを浮かべた。

「やっぱそうだよね。じゃ、とにかく片っ端から捜してみよう！」

まるで宝探しでも始めるかのような言い方に、一華はげんなりと脱力する。

さらに、翠は一華を追い詰めるかのごとく、予想もしなかった言葉を口にした。

「で、一華ちゃんどっちがいい？　上？　下？」

「は？」

思わず固まってしまったのも無理はない。

翠がなにを言わんとしているかは、階段と廊下を順番に指差す翠の仕草から、考えるまでもなかった。

「上か下か……って、まさか、別行動する気？　こんな危険な場所で？」

「うん」

「うんって！」

「だって、気配すら感じないなんて想定外だったからさ。ってことはまず被害者たちの霊を見つけなきゃならないわけでしょ？　でも、中が想像以上に広かったから、効率を上げないとすぐに暗くなるし」

「……言いたいことは、わかるけど」

「ちなみに、事件現場は一階らしいよ。多分だけど」

「多分って……。でも、一人のときにいきなりとんでもない霊が飛び出してきたらどうする気……？」

「式神がいるんだから、一人じゃないよ。むしろ、式神のお陰で互いの危機を察知できるし」

「そういう問題じゃないんだってば……。そりゃ、翠は視えないから平気なんだろうけど」

「あ、怖い……？」

「……っ」

腹は立つがプライドが邪魔して頷くことはできず、一華はついに反論を諦めて脱力する。

そして、事件現場は多分一階であるという曖昧な情報を信じ、上の階を指差した。

「…………上で」

「了解!」

弾むような返事が怒りを煽るけれど、もはやなにを言っても無駄だと、一華はなかばやけくそな気持ちでズカズカと玄関に上がり、階段に足をかけた。

「……じゃ、ひとまずは現場確認ってことで！　全部の部屋をざっと確認したら、またここに集合！」

上りながら乱暴にそう言い放つと、翠が可笑しそうに笑った。

「もちろん。もしなにかあったらすぐ助けに行くね」

「ずいぶん余裕みたいだけど、そっちがあっさり捕まってたら笑ってやるから」

「そんなこと言いながら、一華ちゃんってなんだかんだで情に厚いっていうか、困ってる人を放っておけないタイプだからなぁ」

「うるっさいな！　あんたのことは助けないから油断しないように！」

振り返りもせずに文句を言うと、背後からふたたび笑い声が響く。

それを聞いた瞬間、――ふと、以前にもあったように、翠は一華の恐怖を紛らわせるためわざと怒らせたのではないかという考えが過った。

もしそれが事実ならかなり不本意だが、そのお陰で前に進めていることも否めず、黙って二階へ向かう。

ようやく階段を上りきった一華は、ひとまず立ち止まって周囲の様子を確認した。

まず最初に気になったのは、一階との造りの違い。

というのは、二階にも奥まで伸びる廊下があるものの、上り框《がまち》になっており、床の素材もタイルでなく板張りで、手前には靴箱らしき棚が設置されていた。

廊下の幅は一階の半分程で、手すりもない。

その、一階以上に病院らしさの薄い様相から、おそらく二階は医師が住居として使っていたのだろうと一華は推測した。

人が生活していた場所だと思うとなんだか気が引けるが、かといって引き返すわけにはいかず、一華は躊躇いながらも段差を上がり、廊下をゆっくりと進む。

一歩進むごとに足元に埃が舞い、床はギシギシと軋んだ。

「病院も嫌だけど、これはこれで不気味……」

しんと静まり返った空気に、誰宛でもない呟きが響く。

ただ、不気味なのはともかくとして、三十年放置されている割には傷んでいる箇所はあまりなく、崩壊の心配だけはなさそうだった。

一華はひとまず廊下を突き当たりまで歩くと、一番奥の部屋のドアノブに手をかけ、おそるおそる開く。

すると、そこは十畳程のガランとした部屋で、壁には造り付けの本棚があり、埃を被った本が数冊だけ残されていた。

そもそも事件前から空き家なのだから当然だが、家具などはなにもなく、そのどこか物淋しい雰囲気が、怒りで払拭したはずの恐怖心をじわじわと煽る。

「やば……、ちょっとでも怯んだら終わりかも……。勢いで全部回ろう……」

一華は自分に言い聞かせるようにあえてそう口に出し、奥の部屋を後にすると、今度はひとつ手前のドアを開けた。

しかし、そこもただの空室で、気配はおろか、気になるものはとくに見当たらなかった。

その手応えのなさに恐怖は次第に薄れ、一華はもはや事務的に、廊下に並ぶドアを次々と開け放つ。

それからキッチンやバスルームや納戸にいたるまですべてを確認し終えたものの、結局、発見と言えるようなものはひとつもなかった。

「あれだけ文句言った手前、なにもないと逆に戻り辛いわ……」

一華はブツブツと呟きながらふたたび階段を下り、玄関に戻る。

しかしそこに翠の姿はなく、一人で待つ心細さから、廊下の奥へ視線を向けた。――瞬間。あまりに静まり返っているその様子に、一華はふと違和感を覚えた。

想像よりも大きな建物だったとはいえ、仮にも一人の人間が動き回っているというのに、こうも物音がしないものだろうかと。

「翠……？」

不安になって名を呼ぶと、一華の小さな声は廊下に大きく響き渡った。

やはり、これだけ響きやすい構造で無音は不自然だと、一華の違和感がみるみる膨らんでいく。――そのとき。

背後にふと、異様な気配を覚えた。

「っ……！」

勢いよく振り返った一華は、思わず絶句する。

なぜなら、そこにぽつんと立っていたのは、翠の式神、田中だった。

「ちょっ……、顔怖いんだから脅かさないでよ……！」

理不尽な文句だとわかっていながらも、どうしてもその見た目には慣れず、一華はじりじりと後退る。

しかし、田中は逆に一華との距離を詰め、まるでなにかを訴えかけるかのように一華の目をまっすぐに捉えた。

いくら翠が契約している式神とはいえ、そのわけのわからない行動は恐怖でしかなく、一華はさらに後ろに下がり、なかば反射的にポケットの数珠を掴む。そして。

「こ、これ以上近寄ったら、捕まえるよ……？」

脅しのつもりで数珠を掲げると、田中は濁った目をビクッと揺らし、どこか悲しげに俯いた。

「え、ちょっと……、なんで落ち込むの……？」

予想とは違う反応に戸惑い、一華は慌てて数珠を引っ込める。

そして、ようやく落ち着きを取り戻すと同時に、ふと、田中だけがここにいる不自然さに気付いた。

「っていうか、……翠は？」

尋ねながらも、心臓はすでにドクドクと鼓動を速めていた。

なぜなら、田中が翠から離れている理由を考えた途端、ついさっき翠が話していた「互いの危機を察知できる」という言葉が頭を過ったからだ。

もしかすると、田中は翠が危険な状況にあることを知らせに来たのではないかと、嫌な想像が膨らみはじめる。

「ねえ、答えてよ……。あなた、喋れるでしょ……」

一華が思い出していたのは、初めて田中を視たときのこと。あのとき、田中は一華と目が合ったことを、言葉で翠に知らせていた。

すると、田中は苦しそうに顔を歪め、青黒い唇をゆっくりと開いた。

『ヌ　ヌシ　は』

「ヌシ……？　主？　翠のこと？」

『ツカまた……シぬ』

「なに……？　わかんない……」

『ヌシは――ヌシはシぬ』

「シヌ？……待って、今、死ぬって言った……？」

『はシ……』


主は死ぬ、と。

田中はカタコトで衝撃の発言をしたかと思うと、最後の質問には答えず、苦しそうに両手で喉を掻きむしった。

おそらく、生前の病気や死に方などが影響し、言葉を発するのはそう簡単ではないのだろう。

その姿があまりに苦しそうで、一華は数珠をポケットに仕舞うと、田中の喉にそっと触れた。

「ごめん、わかった。もう喋らなくていいから、翠のところに連れて行って」

そう言うと、田中はこくりと頷き廊下を奥へと進んでいく。

一華はその後に続きながら、改めて「主は死ぬ」という田中の言葉を頭の中で繰り返し、震えだした指先を拳の中にぎゅっと握り込んだ。

翠がどんな霊と遭遇したのか、なにをされたのか、今どうなっているのか。考えたところで今わかることはひとつもなく、それが一華の恐怖をさらに煽る。

そんな中でも唯一希望を持てるとすれば、田中からの報告が「死んだ」ではなく「死ぬ」だったこと。

そこに可能性を感じてしまった以上、どんなに怖ろしくとも足を止めるわけにはいかなかった。

一華は田中に続いて廊下をゆっくりと進みながら、通りがけに、ドアの無い待合室を覗く。

すると、そこにはカウンターをはじめ、待合用のソファやテレビ台、そして大昔のカレンダーまでがそっくり残されていた。

まるで時間が止まってしまったかのような不気味さに、一華は思わず田中との距離を詰める。

一方、田中は廊下の真ん中あたりまで進むと、次第に歩調を緩め、ついには完全に立ち止まって一華の方を振り返った。

「ど、どうしたの……」

不思議に思って尋ねると、田中はぎこちない動作で片手を上げ、数メートル先にある扉を指差す。

「翠は、あの部屋にいるの……？　っていうか、どうしてこんな離れたところから……」

するとと、田中は澱んだ目を激しく泳がせながら、何度も何度も首を縦に振った。

「わ、わかった、もういいから、わかったから」

『ヌ　ぬシ　が』

「あの中にいるんだよね……？　もう何度も聞いたから、大丈夫だってば……。っていうか、田中さん、翠の傍にいるときと様子が全然違うんだけど……」

『ぬ　シ』

「だからわかったって。……さっきからヌシヌシって、もしかして田中さん、心細かったりするの……？」

あり得ないと思いながらも、田中のあまりの落ち着きのなさに、一華は思いついたまま尋ねる。

しかし田中は首を縦にも横にも振らず、とはいえ不自然に目を逸らす仕草が肯定しているも同然だった。

「嘘でしょ……、霊なのに……？」

そんな場合ではないと思いながら、知らされた意外な事実に一華は驚愕する。

同時に、田中の感情が思った以上に残っていることや、意思の疎通が図れることに感心していた。

そのお陰もあってか、やや冷静さを取り戻した一華は、田中が指差したドアの前に立つ。

そして、一度深呼吸してからドアをそっと開けると、目の前に広がったのは、いわゆる診察室の光景だった。

そこはデスクと椅子と簡易ベッドが配置されたごく一般的な構造で、パッと見はとくに異様な点はない。——しかし。

「あれ、って……」

診察室の右奥にある「処置室」と書かれた引き戸を見た瞬間、一華は思わず息を呑んだ。

なぜなら、戸のど真ん中に、まさに一華が普段使っているようなお札が何枚も並べて貼られていたからだ。

一華はおそるおそる近寄り、それを観察する。——そして。

「結界を、張ってる……？」

その推測に辿り着くまで、さほど時間はかからなかった。

なぜなら、診察室に漂っている空気が、あまりにも静かすぎたからだ。

それも、他の場所で覚えた不自然な気配の薄さとは比較にならない程、それこそ一華のカウンセリングルームに劣らないくらいに気配が皆無だった。

結界を張りでもしなければ、こういう場所を作ることはできない。

もっと言えば、壁ではなく引き戸に直接お札を貼っているということは、この結界の目的は診察室そのものの安全ではなく、引き戸の奥からの侵入を防いでいることを意味していた。

つまり、引き戸の奥の処置室には、お札によって何者かが閉じ込められていると考えられる。

そして、その正体として思い当たるのは言うまでもなく、到着して以来まったく気配を感じ取ることができなかった事件の犠牲者たちと、その五人の命を奪ったと思しき何者かの霊。

どれも明らかに危険であり、しかもそれらが長い年月いっしょくたに閉じ込められていたとなると、恨みや無念だけでは飽き足らず、限界まで怒りを膨らませているであろうことは想像に容易かった。

そうなると、もはや〝やばい霊〟どころの騒ぎではない。

つまり、誰の仕業か知らないが、引き戸に貼られたお札の効果によって、地獄のような場所が出来上がってしまったことになる。

普段なら、絶対に避けるべき場所だ。――しかし。

「それで……、翠はこの見るからに怪しい部屋に立ち入って、逃げられないくらいの大変な窮地に陥ってるってこと……？」

心の奥でずっと燻っていた、考え得る中でもっとも絶望的な推測を口にすると、入口に立ったまま一歩も動こうとしない田中がはっきりと頷いてみせた。

『ヌシ　は　シ　ぬ』

しつこく繰り返された言葉に眩暈を覚え、一華は額を押さえる。

まだ部屋の状態を見てもいないけれど、自分が助けに入ったところでどうにかできるとはとても思えなかった。

とはいえ、このまま放っておけば、翠は確実に死ぬ。

一華はその場に立ち尽くし、答えの出ない問いを何度も何度も頭の中で繰り返す。

――結果。

「ひとまず現場確認だって言ったのに……。あの馬鹿、なんでなんの報告もなく一人で勝手に入るかな……」

ある意味通常通りというべきか、混乱を極めた先に込み上げてきたのは、シンプルな苛立ち。

それは、怒りが恐怖を払拭するという特殊な体質を自覚しはじめた一華の、狙いでもあった。

「そもそも、あっちが車の鍵を持ってるんだから、助けないと私も結局遭難するんだけど……」

一華はさらに怒りを膨らませながら、引き戸の取手に手をかける。

ただ、それでもなお、ここを開けるための勇気がまだ少し足りなかった。――そのとき。

『にゃぁ』

胸元から鳴き声が響き、咄嗟に視線を落とすやいなや、上着の隙間から顔を出したタマの金色の瞳に捉えられる。

その瞬間、――不思議と、肩に入っていた力がふっと緩んだ。

「……そっか。タマもいてくれるもんね」

ヒョウの姿を思い出すとなおさら心強く、一華はそう言ってタマの首元を撫で、一度ゆっくりと深呼吸をする。

そして、ついに覚悟を決め、引き戸を勢いよく開け放った――瞬間。

いきなり一華を襲ったのは、むせかえる程に濃密な、禍々しい気配。

結界が張ってある時点で覚悟していたつもりだったけれど、その空気の落差には一瞬呼吸すら忘れた。

まさに地獄だと、一華は恐怖を必死に堪え、中の様子を窺う。しかし処置室には窓がないのか、頼れるのは診察室から漏れる弱い明かりのみ。

けれど、そんな状況であっても、両サイドと奥の壁に沿って一台ずつ設置されたベッドのシルエットをうっすらと確認することができた。

なんだか妙な配置だと思ったものの、些細なことを気に留めている余裕はなく、一華はさらに目を凝らす。

そこからわかることと言えば、おそらく十二、三畳程度と思われる処置室の広さと、奥に長い縦長な構造であるということ。

「……翠」

一華はひとまず入口に立ったまま、翠の名を呼ぶ。

予想通り返事はない。

「翠……、中にいるんでしょ……？」

それでも、一華は震える声でふたたび呼びかけた。――そのとき。

突如、何者かに乱暴に手首を掴まれたかと思うと、一華は処置室の中へと引っ張り込まれ、抗う余地もないまま床に叩きつけられた。

「いっ……！」

全身に走る痛みに悲鳴を零しながらも、一華は慌てて上半身を起こす。

しかし、一華を引き入れた誰かの気配はどこにもなく、その上、バタンと激しい音を響かせながら引き戸が勢いよく閉じた。

たちまち部屋は暗闇に包まれ、頭が真っ白になる。

混乱したら終わりだとわかっているのに、鼓動はただただ激しさを増すばかりだった。

さらに、容赦なく一華を襲ったのは、酷い頭痛と吐き気。おそらくこの濃密な気配に当てられたのだろうと、一華は膝をついたままゆっくりと呼吸を整える。

「乱暴、すぎ、でしょ……」

零した文句は途切れ途切れだったけれど、怒れるだけの余裕が残っていたことは、一華にとって幸いだった。

しかし、そんなわずかな余裕すら、周囲の空気が急速に冷えはじめたことで、あっという間に削られていく。

一華は焦りを覚え、せめて周囲の状況だけでも確認できればと、咄嗟の思い付きでポケットから携帯を引っ張り出した。

しかし、霊障の影響か、携帯のディスプレイは暗転したまま電源が入らず、当然ライトも点かない。

「もう、なんなの……。ちょっと翠……！　いい加減返事してよ……！」

このままでは精神がもたないと、一華は無我夢中で翠の名を呼ぶ。

そして、氷のように冷え切った空気の中、体を無理やり起こし、必死に暗闇に目を凝らした。

「翠ってば……！　なにあっさり捕まってんの……！」

すると、そのとき。

突如、部屋の奥の方にぽつんと小さな光が灯り、一華の心臓がドクンと跳ねる。

暗闇の中で魂が発光して見えることはよくあるため、ついに霊が姿を現したのだと思ったからだ。

しかし、よく見れば、その明かりは魂が放つ青白いものとは違い、柔らかいオレンジ色を揺らしながら、ごく狭い範囲を照らしていた。

一華はその光をしばらく見つめ、やがて、どうやらあれは蠟燭《ろうそく》の明かりらしいと察する。

とはいえ、処置室に蠟燭がある理由も、いきなり火が点いた理由もまったくわからず、不気味であることは間違いない。

けれど、この暗闇の中で少しでも視界を確保できたことは、明らかに幸運だった。

一華は周囲を手探りで確認しながら、床を這うようにして、明かりを目指して奥へ進む。

近寄りながらわかったのは、どうやら蠟燭は、部屋の左奥に置かれた棚の上の、燭台に立てられているということ。

しかも、正面の壁に投影されたシルエットから察するに、西洋のお城にでもありそうな、やけに仰々しい枝付き燭台だった。

なぜあんなものがと疑問に思いながらも、一華は蠟燭の様子を観察する。

すると、そのとき、――ふと、燭台のシルエットが揺れる壁に、なにか奇妙なものが描かれていることに気付いた。

それは明らかに壁の模様ではなく、かといって、落書きのような乱暴な印象もない。

なんだか無性に嫌な予感がして、一華はさらに距離を詰め、それを観察する。――そして。

「これ、って……、魔法陣……？」

その名が思い浮かんだ瞬間、驚きでつい声が漏れた。

壁に描かれていたのは、図形と文字が組み合わさった独特な紋様。

いわゆる魔法陣と呼ばれる、主に西洋発の創作物で、悪魔を召喚する儀式に登場するイメージが強い。

一華にとってはまったくの専門外であり、そもそも魔法陣という存在自体、どこからどこまでがフィクションなのか、またはそうでないのか、その程度の知識もない。

ただ、実際の効力云々は別としても、この部屋でそういった儀式まがいのことが行われていたということは、壁に残されている魔法陣の、一本たりとも乱れのない完璧な様相から容易に想像することができた。

そこで思い出したのは、ここで死んだ五人全員が、オカルトサークルに所属していたという情報。

同時に、一華の頭にふと、五人はここで降霊の儀式をしていたのではないかという推測が過る。

そう考えれば、病院の雰囲気にそぐわない燭台も、壁に描かれたやけに本格的な魔法陣も、そして様式はまったく違えど引き戸に貼ってあったお札も、すべて辻褄が合う気がした。

もっと言えば、五人の命を奪ったのが、その降霊術で呼び出された霊であるという可能性も出てくる。

もちろん、降霊術とは誰にでもできるような簡単なものではないが、その場に居合わせた霊たちを少なからず挑発する行為であることは、一華をはじめその筋の人間にとっては常識とも言える事実だった。

すべては推測でしかないが、現場の状況的にその説が濃厚だと、一華の不安はみるみる膨らんでいく。

なにせ、地縛霊と、降霊術によって徒《いたずら》に怒りを煽った霊では、その厄介さは比較にならない。

いよいよ翠の生死が不安になり、一華は恐怖と焦りに駆られながら、蠟燭の明かりを頼りに周囲をぐるりと見回した。——瞬間、魔法陣のちょうど真下に設置されたベッドの上で、ぐったりと横たわるシルエットを見つけた。

「翠……！」

姿ははっきり見えなかったけれど、翠以外に考えられず、一華は咄嗟に駆け寄る。

——しかし。

ベッドに手が届く寸前で、体が硬直した。

なぜなら、ベッドの周囲にずらりと並ぶ、複数の不穏な気配に気付いたからだ。

おそるおそる視線を彷徨わせてみると、確認できた気配は、全部で五体。それらは、ベッドに横たわる翠をただぼんやりと見下ろしていた。

数からして、この霊たちは間違いなく例の事件の被害者だと、一華は確信する。

「翠に……、なにする気なの……」

虚勢を張ったつもりが、声は酷く震えていた。

すると、一番手前にいた男の霊が突如ピクリと肩を揺らし、一華の方へゆっくりと顔を向ける。

「っ……！」

蠟燭の明かりのもとでその姿を目にした瞬間、あまりのおぞましさに一華は声にならない悲鳴を零した。

本来眼球があるべき場所は大きく抉れ、そこから染み出した黒い液体が顎の先から滴り落ち、床に次々とシミを作っている。

悲惨な死に方をしたことは把握していたつもりだが、目の当たりにすると、その衝撃は言葉にならず、一華はただ呆然と立ち尽くした。

そうこうしている間にも、他の四体も次々と一華の方へ顔を向け、辺りの空気は一段と禍々しさを増していく。

一華は恐怖に呑まれそうな心を無理やり奮い立たせ、冷気で痺れた手を強引に動かし、ポケットの中から数珠を引っ張り出し手首に嵌めた。

ひとまずこの霊たちをなんとかしないことには、翠にはとても近寄れそうになかったからだ。

「悪いけど……、捕まってもらうから……」

強気な言葉をぶつけながらも、正直、このレベルの霊を捕獲できる自信も保証もなかった。

ただ、できなかった場合はここで終わると考えると、いちいち怯んではいられなかった。

一華は数珠を嵌めた手にぎゅっと力を込めると、ひとまず手前にいる男の霊の胸元を目がけ、勢いよく突き出す。そして。

「おね、がい……！」

祈るように呟いた、瞬間。

男の霊はぴたりと動きを止め、あっさりと霧のように散った。

そのいつも通りの反応を見て、意外にも捕獲に成功しそうだと、一華の心にわずかな安堵が広がる。――しかし。

即座に掲げた試験管にすべてが吸い込まれるのを見届け、周囲にお札を巻きつけた、そのとき。

試験管が急激に強い熱を持ったかと思うと、突如、耳を裂く程の破裂音を響かせ、粉々に弾け飛んだ。

まさかの展開に頭が追いつかないまま、その衝撃をモロに受けた一華は背後に転倒する。

思いきり背中を打ちつけ、全身を激しい痛みが突き抜けたけれど、今は自分のことなど気にしていられず、一華は無理やり上半身を起こした。

目を開けるやいなや、残っていたわずかな気力がすべて絶望に塗り替えられる。

なぜなら、一華の正面に迫っていたのは、たった今試験管ごと弾け飛んだはずの男の霊の顔。

一度は霧散したというのに、ダメージを感じさせるどころかまるでなにごともなかったかのように、一華の正面に膝をついて身を乗り出し、ただの穴となった目で一華をまっすぐに捉えていた。

眼窩から溢れ出る液体が一華の膝に落ち、その氷のような冷たさが、体温を一気に奪う。

離れなければ危険だとわかっていながら体は動かず、混乱している間にも、他の四体の霊たちが次々と一華の周囲を取り囲んだ。

「なん、で……」

頭が上手く働かなかった。

捕獲が叶わなかったことならこれまでにも何度かあるが、封印した後で試験管ごと弾け飛ぶなんて、経験がないどころか聞いたこともない。

そして、これが通用しないということは、一華にはもはや対抗手段がなかった。

心の中に無力感が満ちていく中、一華は呆然と五体の霊を見上げる。

霊たちが一華をどうする気なのか想像もつかないけれど、周囲を等間隔に囲う様子は、なんだか不気味な儀式を彷彿とさせた。

まるで自分が生贄になったようだと、一華は思う。

おそらく、生前の彼らはオカルトサークルの活動として、このような儀式をしていたのだろうと。

魔法陣に蠟燭の明かりときて、翠が寝ていたベッドはさしずめ祭壇もしくは生贄台。ただし、今生贄の候補になっているのは、一華に他ならない。

そう考えた途端、恐怖で体が大きく震えた。――しかし、その一方で、心の奥の方には、妙に冷めた自分がいた。

「……殺されて、まで……、なに、やってるの……」

声が届く相手ではないとわかっていながら、咄嗟に口を衝いて出たのは、説教じみた台詞。

言い終えると同時に、気持ちが奇妙に凪いだ。

すでに心が折れているせいだろうかと投げやりな推測をしながら、一華はさらに言葉を続ける。

「こんなことやってる、から……、浮かばれないんじゃ、ないの……？」

そう言いながらゆっくり肩の力を抜くと、緊張で曖昧になっていた全身の痛みがたちまち蘇り、一華は床にぐったりと体を投げ出した。

心身ともに消耗し尽くし、もうどうにでもなれという心境の中、一華はふと、胸元に隠したタマの存在を思い出す。

ほんの一瞬脳裏に希望が過ったけれど、タマの気配はトンネルのときとはまるで違い、弱々しく萎縮していた。

それこそ、今の今までその存在を忘れてしまっていたくらいに。

「どう、したの……？」

心配になって上着の中を覗き込むと、全身の毛を逆立てて小さくうずくまるタマの姿が見えた。

前は勇敢に一華を助けてくれたタマがこんなにも怯えるなんてと、一華は途端に違和感を覚える。——そのとき。

〝——タマは呪いの材料として殺されたんだと思う。いわゆる、生贄的な意味で〟

唐突に脳裏に蘇ってきたのは、前に翠から聞いたタマの話。

それが頭の中で再生されるやいなや、ふと、ひとつの可能性が浮かんだ。

今まさに一華が置かれているこの状況は、タマが抱えるもっとも怖ろしい記憶を呼び覚ますのではないだろうか、と。

一華は上着越しにタマの体を優しく撫でながら、心の中に、じりじりとした熱が広がっていく感覚を抱く。

「……同情は、する、……けど」

低い声が出ると同時に、自分の中にある感情のスイッチが、パチンと音を立てた気がした。

「こういうことに、……遊び感覚で手を出しちゃ、駄目なんだよ。たとえ自分たちは自業自得で済んでも、……タマみたいな、かわいそうな子を生みかねないから」

タマの件に関してこの霊たちに責任がないことはわかっているのに、呪いや降霊に対して持つ潜在的な嫌悪感に煽られてか、言わずにはいられなかった。

もちろん、どんなに偉そうに講釈を垂れようとも、圧倒的に形勢不利であることに変わりはない。

現に、霊たちは一華の言葉に少しの反応も見せず、やがて、ゆっくりと身をかがめ、一華の体を押さえつけた。

「なにす――」

抵抗しようとしたものの、冷たい手に顔を覆われ言葉が途切れる。

実体はないはずなのに酷く息苦しく、たちまち意識が遠退いていった。

このままでは、自分もこの中の一員になりかねないと、頭に最悪な結末がチラつきはじめる。

この五体の霊の妙に息の合った動きや、有無を言わせない強引さから、オカルトサークルの降霊術なんて遊び半分だと決めつけていたけれど、本当はそんなレベルをとうに超えていて、たとえば生き物を、――人の命とまではいかずとも、虫や動物の命を犠牲にしてきたのではないだろうかという推測が過った。

というのは、人は死後、生前の自分とまったくゆかりのない行動を取ることはまずない。

つまり霊たちには、一華に今しているように、こうしてなにかを暴れないよう押さえつけてきた経験が、確実にある。

その考えは、一華の恐怖をさらに煽った。

同時に、腹立しくもあった。

一華は数珠を嵌めた手を握り、残っているすべての気力を込め、怒りに任せて押さえつけられた手を振り払う。

そして、その勢いのまま、口を覆う手を無理やり引き剝がした。

またすぐに方々から手が伸ばされてくるけれど、一華はそれを薙ぎ払い、胸元で怯えるタマの背中をそっと撫でる。

一度は諦めかけたというのに、やはり怒りによる作用は絶大だと、冷静に分析している自分がいた。

ただ、冷静さを取り戻してもなお一華の勢いは収まることなく、むしろ今が最後のチャンスとばかりに、その場で立ち上がる。――瞬間、視界に入ったのは、相変わらずベッドの上に横たわる翠の姿だった。

そのぐったりした姿を見て、一華の怒りがさらに倍増していく。

ただし、その矛先は霊ではなく、翠。

一華は頭に血が昇った勢いのままにベッドへ駆け寄り、その両肩を摑んだ。

「起きなさいって……！　いったい、誰の、せいで、私がこんな……！」

翠を責めている場合でないことは、もちろんわかっていた。

それでも、不思議なことに怒れば怒る程に思考はクリアになり、このままでは最悪全滅するという危機感はもちろん、タマの過去のことや、翠の目的のことや、嶺人が来てしまうかもしれないという不安に至るまで、頭の中で混沌としていたものすべてが一気に整理された。

「翠！　馬鹿！　早く起きて！　早く！」

しかし翠に反応はなく、一華は苛立ちを露わに胸ぐらを摑み、激しく揺さぶる。

「私が死んだら、嶺人が来ちゃうんだってば！　あんたのせいだって知られたら、なにされるかわかんないよ……？」

ついにはベッドに飛び乗り翠の体に馬乗りになって、容赦無く捲し立てた。

「ちょっと聞いてる？　頭蓋骨を木魚にされちゃってもいいの……？」

翠の瞼がかすかに動いたのは、一華の声が嗄れかけた頃。

もはや希望は薄いと感じはじめていただけに、一華は驚き、馬乗りで胸ぐらを摑んだまま硬直した。

一瞬見間違いかとも思ったけれど、翠はそれからゆっくりと瞼を開け、一華と目を合わせる。――そして。

「俺の頭蓋骨、木じゃ、ないよ……」

まるで寝ぼけているかのような間延びした声で、そう言った。

「…………」

「あ、一華ちゃん……。え、なにこの体勢……、もしかして俺、襲われてる……？」

「…………」

「もしもし……？」

あまりにも緊張感のない翠の様子を見て、怒りが頂点に達するやいなや、全身からどっと力が抜けた。

胸ぐらを摑む手を力なく離すと、途端に翠が目を見開く。そして。

「……一華ちゃん」

翠の指先がさも遠慮がちに頰に触れた瞬間、一華は、自分が涙を流していることに気付いた。

決して悲しいわけでも、痛いわけでもないのにと、一華は次々と流れ落ちる涙にただただ戸惑う。

すると、翠は一華の頭をそっと引き寄せ、自分の胸の中にそっと収めた。

「なん……っ」

慌てて離れようとしたものの、翠の力は案外強く、一華は仕方なく抵抗を諦める。

一方、翠はさらに両腕に力を込め、小さく溜め息をついた。

「……ごめん。ちょっとふざけすぎた」

耳元に、申し訳なさそうな謝罪が響く。

「は……？　ふざけ、てたの……？　ずっと……？」

ふたたび怒りがぶり返したけれど、翠は首を横に振った。

「いや、意識を飛ばしたのはただの不注意だし、想定外だったんだけど……。ただ、一華ちゃんがあんまり乱暴に起こそうとするから、つい粘ってしまって」

「ふ、ふざけ……」

「わかってる、ごめん。でも、泣く程怖がらせるつもりはなかったんだ」

「泣っ……ち、違う、これはそういうのじゃ――」

翠に慰められるのはなんだか悔しく、一華は必死に言い訳を浮かべる。――しかし、突如すぐ側から禍々しい気配を感じ、語尾が曖昧に途切れた。

おそるおそる視線を向けると、五体の霊たちがじりじりと接近していて、一華は息を呑む。

混乱と安心と翠への怒りのせいで一瞬忘れていたけれど、まさに今、一華たちが置かれている状況は、絶望以外のなにものでもなかった。

「き、来た……」

一華は咄嗟に数珠を嵌めた手を握りしめる。

けれど、一度捕獲を失敗しているぶん上手くいく希望が持てず、つい及び腰になってしまった。

だったらいっそ、翠も無事目覚めたのだから、勝算のないまま無茶をするより潔く引くべきだと、一華は霊たちの隙を窺いながらベッドから下りる。そして。

「翠……、私が合図したら出口まで走って。暗くてよく見えないけど、この奥に引き戸があるから……」

背後の翠に向け、こっそりそう呟いた。――しかし。

「逃げんの？」

返ってきたのは、信じ難い程にのん気な問い。

この緊迫した局面でなにを言い出すのかと、苛立ちが一気に爆発した一華は、振り返って翠を睨みつけた。

「今、全員がこっちに向かってるんだってば！　視えなくても気配でわかるでしょうよ！　このまま、わけわかんない儀式の生贄にされてもいいの？」

一気に捲し立てると、忙しない情緒の変化のせいか、酷い眩暈を覚える。

かたや、翠はそれを聞いてもいっさい焦る様子を見せず、むしろ余裕の面持ちでふらつく一華の肩を支えた。

「いや、わかってるよ。……ただ、一個気になるんだけど、一華ちゃんの中で俺ってどういう認識なの」

「は？……認識？」

「まさか、なにもできない人ってことになってない？」

「……いや、どう考えてもそうでしょ」

「うわ」

「視えない癖に危険な場所に飛び込んで、しかもうっかり捕まって気絶して、今にも殺されそうになってた男を、それ以外にどう表現するの……」

「……ぐうの音も出ない」

「だったら無駄話してないで、今は逃げることに――」

言い終えないうちに、周囲をひときわ冷たい空気が包み、一華は嫌な予感を覚えて正面に視線を戻す。――瞬間、もはや間近まで迫っていた霊たちの姿を視て、ドクンと心臓が跳ねた。

「だから……、急げって、あんなに……。あんた、本物の馬鹿でしょ……」

もはや状況を説明する気にもならず、一華は震える声で恨みごとを呟く。

すると、突如翠に両脇を抱えられ、一華の体はふたたびベッドの上へと引っ張り上げられた。

「ちょっ……！　なにす――」

慌てて抵抗したものの、今度は背後から回された腕にそっと拘束される。

そして。

「俺、視力の代わりをしてほしいって頼んだつもりだったんだけどさ」

突如、静かに語りはじめた。

「は……？」

「どんなにはっきり気配を感じ取れたとしても、それが濃ければ濃い程逆に正確な位置を特定し辛くなるし。……だから、一華ちゃんには俺の代わりに霊を目視してもらって、どこにいるか教えてくれさえすれば、それでよかったの」

「なんの、話を……」

「なのに、一華ちゃんがとんでもなく勇敢で、おまけに導火線が短いから、次々と一人で片付けちゃうじゃん。だから俺、まるでお荷物状態だなって思ってたんだけど――」

ここまで聞いてもなお、一華には、翠がなにを言おうとしているのかよくわからなかった。

ただ、そのやけに落ち着き払った声色が、不思議と一華の焦りを払拭した。

それはなんだか奇妙な感覚で、どこか心地よくもあり、一華は相槌をやめて言葉の続きを待つ。――そのとき。

「でも俺、なんにもできないわけじゃないんだよ」

翠は突如そう言ったかと思うと、手元から、ジャラ、と一華にとって馴染み深い音を響かせた。

咄嗟に視線を落とすと、翠の手首につけられていたのは、黒い珠が並ぶ数珠。

「なんで数珠……。って、まさか……」

一華が驚いたのも無理はない。

こういう局面で数珠の力を借りる人間など、一華の同族以外にほぼ考えられないからだ。

つまり、翠もまた霊能者の血筋であり、祓える人種であることを意味する。

翠は自分のことをほぼ語らず、心霊オタクだとか心霊専門の探偵だとか核心に触れないことばかり話していたけれど、やはりそうだったかと、一華はかえって納得していた。

さらに、もしそうだとするなら、横の繋がりが強い霊能者の家系において、一華と翠が過去に接触している可能性も十分に考えられる。

一華は頭の中で、点と点が徐々に線になっていくような感触を覚えていた。

しかし。

「一華ちゃん、近い順に、霊たちの正確な居場所を教えて」

背後から声をかけられると同時に、思考が遮断される。

「わ、わかっ……」

途端に我に返った一華は、改めて正面の霊たちに視線を戻す。――けれど。

一体はすでに一華のすぐ目の前まで迫っていて、差しかけた指が大きく震えた。

「……方向って、いうか」

「うん？」

「…………」

恐怖と混乱で頭の中が真っ白になり、一華は言葉に詰まる。

すると、突如、翠は後ろから一華の手をそっと包み込んだ。

「大丈夫だから落ち着いて。教えてくれたら片っ端から追い払うから」

酷い霊障で冷え切った空気の中、翠の手から伝わってくる体温には驚く程安心感があり、一華はふたたび口を開く。

「……一人、目は……、もう、すぐ目の前に――」

そう言いかけた、瞬間。

「――いや、待って。なんだこれ」

突如言葉を遮られ、一華はたちまち不安を覚えた。

「な、なに……？　まさか、無理だとか言う気じゃ……」

「いや、……違う」

「じゃあ、なにを……」

「……視える」

「は？」

「視えるんだよ、……霊が」

理解が追いつかない一華を他所に、翠はやや動揺した様子で部屋の中をぐるりと見回す。

その様子はわかりやすく高揚していて、さすがにもう冗談を言っているような雰囲気はなかった。

「な、なんで、急に……」

「いや、まじで全然わかんない。視え方は前より曖昧なんだけど、まさか幻覚じゃないよね、これ」

「……それ、私に聞く……？」

それは、まったく想像もしなかった展開だった。

ただ、そうこうしている間にも状況はみるみる逼迫していて、もはやゆっくり驚いている暇はなかった。

一華は霊から少しでも距離を取ろうと、翠から離れてベッドの端までじりじりと後退する。――しかし。

「あれ……？　視えなくなった……？」

焦る一華を他所に、翠がぽつりとそう呟いた。

「は……？」

「急に霊が消えたんだけど、なんで……？」

「知らないよ……！　っていうか、いい加減状況考えてってば！　視えたなら、目の前にいるってわかってるでしょ……！」

この期に及んでマイペースな翠に、一華は怒りを爆発させる。

それも無理はなく、じりじりと迫った霊はついに一華を壁際まで追い込み、ゆっくりと両手を伸ばした。

そんな中、翠は一人で真剣に考え込んでいたかと思うと、今度は一華の手に触れたり離したりと謎の行動を繰り返し、やがて目を輝かせる。そして。

「あ……、わかったかも。これ、一華ちゃんのお陰っぽい」

意味不明な言葉を口にし、一華の手をぎゅっと握りしめた。

しかし、もう一華に反応する余裕はなく、あまりの恐怖にとうとう固く目を閉じる。

その瞬間、氷のように冷たい手が一華の顔に触れ、――その指先が、眼窩にぐっと食い込んだ。

「っ……」

眼球を奪う気だと察した途端、一華の体からスッと体温が引いていく。

もはや恐怖で頭は働かず、もちろん逃げ場もなく、一華は混乱の最中、なかば無意識に翠の手を強く握り返した。――そのとき。

突如、一華の顔に触れていた指の感触が、スッと消える。

同時に、まるで周囲の空気ごと根こそぎ取り替えたかのように、目の前の気配が余韻ひとつ残さずに消滅した。

なにごとかと、一華はおそるおそる目を開ける。――瞬間、真っ先に視界に入ったのは、目の前に突き出された翠の手だった。

状況が把握できずに視線を彷徨わせてみても、ついさっきまでいたはずの霊の姿はなく、一華はただ呆然と翠の手を見つめる。

すると、翠はそんな一華に屈託のない笑みを返した。

「大丈夫？」

「さっきの霊、どこに……」

「いっそ消し飛ばしたいくらいだったけど、一応被害者だから、とりあえず一華ちゃんの真似して散らしてみた」

「は……？」

「他の四体もそうするよ。ただ、俺には回収する手段も道具もないから、それは頼みたいんだけど、いける？」

翠はまるで業務連絡のように淡々とそう言い、残った四体に視線を移す。

「な……、ちょっと待っ……」

「うん？」

正直、翠のあまりに簡素な説明では、なにがどうなったのかまったくわからなかった。とはいえ、今聞いても理解できる気がせず、一華はいっそ考えるのを止め、言われた通りにポケットから試験管を引っ張り出す。

「いや、……捕まえろってことよね。……わかった」

「うん、よろしく」

了解したはいいが片手ではやり辛く、握られたままの手を離そうとすると、翠は逆に強く力を込めた。

「ちょっ……、手、離してくれないとやり辛いから……」

「いや、それもわかるんだけど、繋がってないと視えないんだよ」

「は……？」

「理由は謎なんだけど、事実、そういう仕組みみたいで」

「…………」

重ね重ね理解ができず、頭の中はこれ以上ないくらい混乱していた。

けれど、すでにそんな状況にも開き直りはじめていた一華は、湧き上がる疑問をすべて後回しにし、試験管を持ったままの手でポケットを漁りお札を取り出す。

そして、翠の「一華ちゃんの真似して散らしてみた」という言葉をひとまず信用し、試験管を宙に掲げた――瞬間、辺りの空気が激しく流動しはじめ、存在を見失う程に霧散していた霊の気配が、勢いよく試験管の中へと吸い込まれた。

一華は口を使って試験管に栓をし、なんとかお札を巻きつけ、飛び出してこないことを確認すると、ほっと息をつく。

「捕まえた……。さっきは、失敗したのに……」

思わずそう呟くと、翠が小さく肩をすくめた。

「多分、粒子が粗かったんだと思うよ。こういうやばい奴は、できる限り粉々にしないと復活しちゃうから」

「粒子って、気配の……？　そんなの、どうやったら細かくなるの……」

「霊能力の高さと、やっぱりセンス」

「………」

どうやらマウントを取られたらしいと察したものの、霊能力の高さなど追い求めたことのない一華には、腹を立てる理由にならなかった。

それでも口を噤んだ理由は、他でもない。決して自分を買い被っているわけではなくあくまで事実として、蓮月寺の生まれである一華を上回る能力の持ち主が、珍しかったからだ。

相変わらず翠の謎は深まるばかりだけれど、ようやく希望を感じた一華は、翠に手を引かれるままベッドから下り、二本目の試験管を準備した。

「あと四体捕獲したら、全部、終わるんだよね……？」

確認のつもりで尋ねると、翠は手前の二体を、まるで虫でも払うようにあっさりと霧散させた後、首を横に振る。――そして。

「いや、まだ大本命がいるじゃん」

チラリと振り返り、衝撃のセリフを口にした。

「大本命……？」

その不穏なワードを繰り返しながら、一華の頭を強烈な勢いで過ったのは、もっとも重要な事実。

それは、五人の命を奪った犯人が、別に存在するということ。

翠の桁違いな実力を目の当たりにし、ようやく終わりが見えたと思った矢先、一華はいきなり暗闇に投げ出されたかのような絶望感を覚えた。

かたや、翠はまるでただの作業のように、早くも三体目を霧へと変える。

「一華ちゃん、早く回収して。混ざっちゃうから」

「わ、わかってる、……けど、つまり、本命をこれから捜すってこと……？」

一華は慌てて回収しながらも、不安を口にせずにはいられなかった。

すると、翠はもはやついでのように四体目を片付けながら、首を横に振る。

「捜すもなにも、大昔から結界が効いてるんだからこの部屋にいるよ。——絶対に」

その言葉を聞いた瞬間、一華の背筋がゾクッと冷えた。

しかし、おそるおそる周囲に注意を払ってみたものの、それらしき気配はどこにも感じられない。

「気配、ないけど……」

尋ねると、翠は試験管にお札を巻くのに手間取っている一華を手伝いながら、意味深な笑みを浮かべた。

「それが、なかなか卑怯な奴みたいでさ、こっそり身を潜めて五体の手綱を握ってたんだよ。最初から、ずっと」

「手綱……？　つまり、霊が霊に指示を出してたってこと……？」

「っていうよりは、式神みたいに従えてたってこと。よく考えたら五体とも眼球がないわけだし、そうでもなければあんなに動けるはずがないからね。もしかすると、一華ちゃんが捕獲を失敗した一番の理由は、背後についてたそいつのせいかも」

翠はさも当たり前のことのように淡々と語るが、一華には、その内容がほとんど理解できなかった。

理屈はともかく、霊が霊を従えるなんて荒唐無稽な話など、過去に一度も聞いたことがないからだ。

翠は困惑する一華を他所に部屋をぐるりと見渡したかと思うと、診察室側の隅で突如視線を止め、にやりと笑った。

「……ほら、いるじゃん。上手く気配を隠したつもりかもしれないけど、視力が戻った俺にはバレバレなんだよね」

翠はそう言いながら、一華の手を引いて躊躇なく足を進める。

一華に霊の姿は視えなかったけれど、どこか冷淡な翠の口調がなんだか怖く、なにも言えなかった。

やがて翠は部屋の隅で立ち止まると、ジャラ、と音を鳴らして数珠を強く握る。――瞬間、むせかえる程の異様な気配が一気に部屋を覆った。

その急激な変化に戸惑いながらも、一華は翠が見つめる方向に視線を合わせる。

そして。

「っ……」

たちまち目に映ったおぞましい光景に、思わず息を呑んだ。

そこにいたのは、小さく膝を抱えて座る中年の男の霊。

男の体は、人体の一部と思しき大量の肉塊に埋もれていた。

ほとんどは原型を留めていないが、よく見ればそのいたるところに、手首や耳、そして眼球が確認できる。

一華の頭はたちまち真っ白になり、続けて酷い眩暈を覚えた。

翠がそんな一華を自分の背後に隠し、視界を遮る。

「ごめん、さすがにキツいか。見なくていいから、手だけ繋いでて」

「翠、……この霊、って」

「わざわざ埋もれてるってことは、いわゆる収集家かも」

「遺体の、って、こと……？」

「遺体っていうよりは、パーツっぽいね。目やら耳やらにずいぶん偏ってるし。そのために相当な人数を殺したんじゃないかな。……でも白衣を着てるから、医者だね」

「……………」

医者と聞いた瞬間、一華はすべてが繋がったような感覚を覚える。

なにもかも、元凶は三十年前に閉鎖したこの診療所の医師だったのだと。

「……にしても、この診療所を閉鎖した理由、集落がみるみる過疎ったせいだと思って疑いもしなかったけどさ、……実は、そもそもこの医者のせいで過疎った可能性もあるよね」

「…………」

「いくら不便でも、集落に留まらざるを得ない身寄りのないお年寄りもいっぱいいただろうし。自分のとこに入院させて殺して、その後のことを引き受けるフリして好き放題やって、おまけに死んだ後にまで人に危害を加えてるわけだから、よっぽど執着が——」

「翠……、やめて……」

これ以上聞くと正気を保てる気がせず、一華は咄嗟に翠の言葉を遮る。

すると、翠は我に返ったかのように瞳を揺らし、一華の手をぎゅっと握った。

「ごめん。こんな話聞きたくないよね。……あまりに胸糞悪いもの見たせいで、つい我を忘れたわ」

「翠……」

「……さっさと片付けよう」

そう言う翠の口調には、普段程の軽さがなかった。

わかり辛いけれど、さすがの翠もこの状況にはずいぶん憤っているらしいと、一華は察する。

ともかく、さっさと片付けるという言葉には賛成で、一華はポケットから試験管を取り出し、口を使って栓を開けた。

しかし、翠は手のひらでそれを制し、首を横に振る。

「いらないよ。こいつには情けなんていらないでしょ」

「え……？」

「浮かばれる可能性なんて、微塵も残す必要がないって意味。……そうなると、俺の得意分野だ」

翠がそう口にしたのと、医者の霊に向けて掲げた手のひらから黒い影が飛び出してきたのは、ほぼ同時だった。

まさかの出来事に硬直する一華の目の前で、その黒い影は脈打つように振動しながら、大きく姿を膨らませていく。

「なんなの、それ……」

「大丈夫、味方だから」

「式神……って、こと……？」

「そんなようなもの」

混乱の最中でも、「そんなようなもの」という返事に違和感を覚えずにいられる程、一華はのん気にはなれなかった。

これは、――悪霊ではないだろうか、と。

同じ式神でも、田中から感じ取れるものとは明らかに種類の違うおぞましさを目の当たりにしながら、一華はそう思っていた。

その間にも、天井に届く程に膨れ上がった黒い影は、突如中央から左右に割れ、辺り一帯に不気味な気配を撒き散らす。

そして、まるで食虫植物が捕食をするかのような気味の悪い動きで、医者の霊を勢いよく挟み込んだ。

ぐしゃ、と嫌な音が響き、一華の口から小さな悲鳴が漏れる。

そんな中、黒い塊は咀嚼するかのように膨張と収縮を繰り返した後、今度はゆっくりとその姿を萎ませ、やがてふたたび翠の手のひらの中へと吸い込まれていった。

やがて気配がすっかり消えると、一華は翠の背中に隠れたまま、さっきまで医者の霊が座っていた場所をおそるおそる確認する。

しかしその姿はもう跡形もなく、残っていたのは不気味な黒いシミのみ。

気付けば部屋の空気もすっかり晴れていて、あれだけ酷かった霊障も綺麗に払拭されていた。

ただ、一華の心の中だけは、なかなか晴れなかった。

もちろん、医者の霊の異常性をはじめ、この診療所で起きていたことの真実を知ってしまったことも、大きく影響している。

けれど、もっとも一華を動揺させていたのは、医者の霊を前に翠が見せた、黒い影の存在に他ならなかった。

もしあれが悪霊であり、式神とは違う形で従えているとするなら、心強い味方であるとはとても言えない。

もしかすると、翠はその代償として、かなり重要なものを差し出している可能性も考えられた。

たとえば、――自らの、命など。

怖ろしい推測が浮かぶやいなや、全身に震えが走る。

すると、翠が一華の顔を心配そうに覗き込んだ。

「どした？　大丈夫？」

「よくもそんな、平然と……」

「平然もなにも、もうなんにも残ってないから平気だよ」

「…………」

そういう問題ではないと思いながらも、一華には、どうしても核心を突く問いを口にすることができなかった。

真実を知ると同時に二度と後戻りができなくなるような、得体の知れない予感を覚えたからだ。

かたや翠は、さっきまで医者の霊がいた場所に座り込み、さも残念そうに肩を落とす。

「にしても、ずいぶんヤバめな体験をさせられたっていうのに、俺の視力を盗ったのはこの人じゃなかったわ」

「……そう、なの……？」

「うん。人の眼球抜いたって聞いたときから十中八九そうだと思ってたから、わざわざ霊たちの降霊術に巻き込まれてまで探ったのに」

「やっぱり、わざとだったのね。……そりゃそうか、意味がわからないくらい簡単に五体の霊を散らしてたし」

「目さえ視えれば超無敵だって、言った通りだったでしょ？……まあでも、さっきも言った通り気を失ったのは想定外だよ。前はこんなことなかったのに、視力を奪われて以来、気絶癖がついたみたいで。だから、一華ちゃんがいてくれてほんとによかった。なにより、一華ちゃんに触れてるときだけは、視力が正常に戻るってことが判明したし」

「……それ、結局どういうことなの……？」

「いや、マジで全然わかんない。でも俺、ほんといい引きしてるわ。これでずいぶん動きやすくなるしね。だから、懲りずにこれからもよろしく」

「…………」

翠から無邪気な笑みを向けられ、一華は曖昧に頷く。

正直、あの黒い影を見て以来、自分を頼る翠の言葉すべてが薄っぺらく感じられてならなかった。

少々視えなかろうが、あんなものを従えている男が、本気で自分なんかの助けを必要とするだろうかと。

しかし、やはりなにも聞くことはできず、一華は一旦すべてを呑み込み、処置室を後にした。

「ちょっ、一華ちゃん待っ……」

慌てて引き止める翠は無視し、診察室を通過して廊下へ出ると、廊下に佇む田中と目が合う。

「全部終わったから、帰るよ。……あなたの主なら、平然としてるし」

散々おぞましいものを目にしたせいか、いきなり田中が現れたところで鳥肌ひとつ立たず、一華はそう声をかけて手招きした。

やがて、ようやく追いついた翠が一華の横に並び、不満げに肩を小突く。

「一華ちゃん早いって！　何十年単位で結界が張られっぱなしのめちゃくちゃ特殊な場所なんだし、まだいろいろ観察しておきたかったのに」

「なら別の日に一人で来て。……私は早く帰りたいの」

「冷た……。あ、もしかして怖かった？」

「怖かった」

「…………」

あまりにも正直な感想がサラリと出て、翠はわかりやすく面食らっていた。

しかし、そのときの一華にはもう自分を繕う余裕が残っておらず、黙って先を急ぐ。

「……ごめんね」

「なにが？」

「からかって」

「謝るべきところなら、他にも山程あるけど」

「山程あるやつ全部ごめん」

「……小学生か」

「ありがとう、一華ちゃん」

「…………」

なんのお礼かわからないのに、言い方があまりに柔らかかったせいか、不思議と心が緩んだ。

翠はなにも答えない一華の手を取り、少し先を歩く。

気分的には振り払いたいくらいなのに何故かできず、どうやら想像以上に弱っているらしいと、他人事のように考えている自分がいた。

診療所を出ると、辺りはすっかり暗くなっていて、一華たちは半分勘に頼りながら獣道を戻る。

すると、間もなく目線の先に翠の車が見え、全身からどっと力が抜けた。

「さ、帰ろうか」

「……うん」

短い会話を最後に、一華たちはようやく帰路につく。

心身ともに疲れきっていたけれど、心に生まれたばかりの不穏なざわめきが邪魔してか、眠ることはできなかった。

「――あれは、いろんな偶然が重なった結果だね。五人がやった降霊術でたまたま凶悪な医者を呼び出しちゃったのが運の尽きって感じかな。……おまけに、オカルトサークルって言うだけあって、降霊術に関しての造詣が無駄に深くて、揃えた道具やら魔法陣やらも抜かりがなかったんだと思うんだよね。ああいうのってただの遊びみたいに思ってる人が多いけど、世界には普通にやってる人たちが結構いるわけだし、その人たちにとっては理屈に基づいて考えられた歴史のある儀式だから、そりゃ影響ないわけないっていう。場合によっては、魔法陣自体が霊の感情を煽ったり力を増幅させたりもするらしいよ」

帰りがけに翠が語ったのは、事件のあらましに関する推測。

推測とはいっても、その内容には納得感があった。

「で、呼び出した霊を逃さないために事前に張った結界が、逆にあの混沌とした空間を作り上げちゃったっていう。ちなみに、〝蠱毒《こどく》〞っていう呪いがあってね。それは、たくさんの生き物を、――よく聞くのは毒虫なんだけど、それをたくさん集めて小さな壺の中に閉じ込めて、何日も放置して争わせて、最後に生き残った奴を生贄に使う強力な呪いなんだけどさ。……あの部屋は霊がひしめき合ってたし、それに近い現象が起きてたんじゃないかなぁって。とはいえ中にいるのは全員霊だから蠱毒は完成しないし、結果主従関係が出来上がった、みたいな。無念は増幅する一方なのに終わりがないなんて、よっぽど地獄だよね」

「呪いなんて、全部地獄でしょ」

「まあ、それはそう。ただ、呪いって響きがよくないだけで、古来はおまじないとか、占いって意味合いの方が強かったんだよ」

「……もういいよ、その話」

「あ……、そう？」

必要以上に素っ気なく返した理由は、気が重くなるというごく単純なものもあるが、それだけではない。

今も一華の上着の中で縮こまっているタマの気配が、蠱毒という呪いの話題になって以来、さらに緊張感を帯びたような気がしたからだ。

生前のタマの最期についてはある程度聞いていたけれど、その顕著な反応から、タマが動物霊となってしまった経緯を一華はよりリアルに確信した。

おそらくタマは、処置室に漂う独特な雰囲気により記憶がフラッシュバックし、動けなくなってしまったのだろうと。

気になって上着の中を覗き込むと、タマの表情は想像したよりも落ち着いてはいたものの、いつものように目を合わせてはくれなかった。

「もしかして、動けなかったことに落ち込んでたりする……？」

思いついたまま尋ねると、タマは案外わかりやすく耳をピクッと震わせる。

どうやら正解のようだが、とはいえさっきのように怯えきった雰囲気はもうなく、一華はほっと息をついた。

「いいんだよ、そんなの。あなたは道具じゃないんだから」

一華はそう言いながら、上着越しにタマの背中を撫でる。

すると、翠が小さく笑い声を零した。

「……なに笑ってるの」

「いや、……さすがカウンセラーだなって」

「またそうやって馬鹿にする」

「いやいや、さすがに斜に構えすぎ。なんだか嬉しくなったってだけだよ。タマを君に任せてよかったなって」

「…………」

ときどき不意打ちで向けられる翠のまっすぐな言葉にはどうも慣れず、一華は戸惑い、口を噤む。

すると、翠がルームミラー越しに意地の悪い笑みを浮かべた。

「照れた？」

「……照れてない。それより、田中さんにも感謝してね。ヌシはシヌって教えに来てくれたんだから」

「もちろん。ってか、ヌシはシヌってうける。逆から読んでもヌシはシヌだし」

「……田中さん、なんでこんなくだらない奴と契約したんだろう」

「田中さんだって、生前はくだらないことの一つや二つ言ってたと思うよ」

「失礼でしょ。呪われればいいのに」

くだらない会話になんだか力が抜け、一華は溜め息混じりに悪態をつきながら、背もたれにぐったりと背中を沈める。

すると、翠が後部座席からブランケットを手繰り寄せ、一華の膝の上に放り投げた。

「……だから、私にこういう気遣いはいらないんだってば」

「俺が気遣ってるのはタマだから」

「……そうですか、それは失礼」

「着くまでまだしばらく時間がかかるから、寝かせてやって。……一華ちゃんも、よかったらついでに」

「………」

なんだかんだで転がされているとわかっていながら、もはや文句を言う元気もなく、一華は黙ってブランケットにくるまる。

出発したときは到底眠れそうにないと思っていたけれど、その肌触りが思いの外気持ち良く、一華の意識はあっという間に深いところへと落ちていった。

家に着いたのは、十一時過ぎ。

今回は、翠に事務所まで運ばせるという醜態こそ晒さなかったけれど、寝起きの体はずっしりと重く、一華はまた明日連絡するとだけ伝えて早々に翠と別れた。

ただ、散々な目に遭ったというのに、マンションのエントランスに入った瞬間に気持ちが日常に戻り、一華は普段通りポストと宅配ボックスを確認する。

宅配ボックスには、タマ用にと注文した猫じゃらしの他、妙に大きな荷物が届いていた。

ずいぶん重そうだとうんざりしながら、なんとか引っ張り出して送り主を確認すると、そこに綴られていたのは、母の名前。

それを見るやいなや、頭が一気に覚醒した。

「な、なんで……」

ちなみに、母は蓮月寺の嫁としての意識が異常に高く、つまり嶺人とよく似ている。

そんな母が連絡もなく送りつけてくるものとして、一華には、悩む余地のない心当たりがあった。

一華は荷物を抱えて部屋へ駆け込むと、上着も脱がずにそれを乱暴に開封する。

すると、中から出てきたのは、大量の見合い写真だった。

しかも、それらすべてに、今時あまり見ないくらい立派な装丁が施されている。

「出た……」

これはつまり、そろそろ戻ってきて家のために嫁に行けという、母からの無言の圧力なのだろう。

どっと疲れを感じ、一華はソファに体を投げ出す。

「霊能者の嫁になんて、なりたくないんだってば……！」

込み上げたストレスを発散するかのごとく大きな声を出すと、タマがビクッと体を揺らし、上着の中からするりと抜け出してきた。

一華はすかさずその体を抱きしめ、お腹に顔を埋める。

「ああ……、最悪……、絶対連絡がくる……！　今度はなんて言って躱せばいいの……！」

考えただけで面倒臭く、一華はさらに文句を零しながらソファの上で身悶えた。

すると、足の先がテーブルにぶつかり、積み上げられた見合い写真の山がバタバタと雪崩を起こし床に散らばる。

一華は足の痛みにしばらく悶絶した後、踏んだり蹴ったりだと思いながらも、片付けるため渋々体を起こした——瞬間。

落下の衝撃で表紙が開いてしまっていた一枚の写真を見て、思わず硬直した。

なぜなら、そこに写っていた人物が、ついさっきまで横にいた男とあまりにも似ていたからだ。

「いやそんな、まさか……」

そう言いながらも嫌な予感が拭えず、一華はそれを手繰り寄せて改めてじっくりと観察する。

ただ、確かに顔は似ているものの、上品な和服と精悍な表情が翠の雰囲気とは程遠く、やはり他人のそら似だとあっさり結論を出した、——けれど。

ふと、写真と一緒に挟まれていた身上書を目にした瞬間、ドクンと心臓が鳴った。

名前の欄に記されていたのは、「水無月《みなづき》翠」。さらにその下には「二条院《にじょういん》長男」とある。

「水無月、翠……？」

苗字は聞いていたものと違うが、顔が似ている上に翠という珍しい名前が一致した以上、他人だと考えるのはさすがに無理があった。

一華は、もはや夜であることもすっかり忘れ、なかば勢いで母に電話をかける。

そして。

「水無月翠って、何者？」

はやる気持ちが抑えられず、呼び出し音が途切れるやいなやそう問いかけた。

すると、電話の向こうで溜め息が響く。

「一華。急に電話してきたかと思えば――、……って、もしかしてお見合い写真のこと？」

母は最初こそ迷惑そうだったけれど、見合い写真のことだと察した瞬間に声が一オクターブ上がった。――しかし。

「……それにしても、水無月翠さんって二条院のご長男じゃない。よりによって、彼を気に入ったの？　それは同封したつもりがなかったんだけど……、ずいぶん前のものが紛れ込んだのかしら」

一転、母はわかりやすく落胆してそう口にした。

「同封したつもりがなかったって、どういう意味……？」

一華はなんだか不穏な予感を覚えながら、質問を重ねる。そして。

「だって、彼は——」

続きを耳にした瞬間、一華の頭の奥の方で、すっかり消えかけていた記憶が小さな音を立てた。


翌日の早朝、一華が訪れていたのは、「四ツ谷探偵事務所」。

事前の連絡はせず、事務所の前でいきなり「事務所に来た」とメッセージを送ると、間もなく三階から、まだ寝癖をつけたままの翠がふらふらと階段を下りてきた。

「一華ちゃん、どした……？」

急な来訪によほど驚いたのだろう、翠は事務所の戸を開けながら、首をかしげる。

一華はひとまずそれには答えず、勝手に入ってソファに座ると、コーヒーメーカーの準備をはじめた翠をまっすぐに見つめた。——そして。

「急にごめんね、——水無月翠さん」

「…………」

翠が動きを止めたのは、言うまでもない。

むしろ一華には、連絡もなしに朝早く押しかけた理由のひとつとして、それくらい顕著な反応を見たいという目的があった。

翠はしばらく固まった後、一華を見て小さく瞳を揺らす。そして。

「……バレたか」

意外にも、あっさりと認めた。

その潔さに逆に面食らいつつ、一華はさらに言葉を続ける。

「……ま、まあ、霊能の血筋なんだろうと思ってたけど、……奈良で二条院って言えば、うちと完全に同業じゃない……。しかも、長男だったなんて」

「まあね。でも、今は後継候補からは外れてるからなぁ」

「…………」

「その様子だと、その辺の事情も知ってるっぽいね」

「……行方知れずだって聞いたけど」

「まあ、……向こうは捜してもいないんだけどね。なにせ、俺が家を出たキッカケは、視力をなくしたことだから。あの家に無能な人間は、要らないじゃん？」

「…………」

翠はサラッと語るが、母はこのときのことを、「長男が由緒正しき二条院の名を汚した大事件」だと語っていた。

そして、いま交わした会話の内容が、母から聞いた話のすべてだった。

補足するならば、現在の二条院は翠の弟にあたる蒼《あお》が後継候補となっており、母いわく、一華には是非蒼のもとへ嫁に行ってほしいとのこと。

というのは、二条院とは霊能者の家系において蓮月寺と肩を並べる高名な血筋であり、代々受け継がれてきた能力も桁違いに強く、霊能一家に生まれた女性にとって、もっとも誇らしいとされる嫁ぎ先だからだ。あくまで、一般論として。

二条院がそうなったのも、大昔から現代にいたるまで能力が強い者しか嫁に取らず、その血を薄めずに守ってきた努力の賜物と言える。

つまり、同じく高名な蓮月寺に高い能力を持って生まれた一華は、二条院にとっても喉から手が出る程欲しい貴重な存在であり、もし、両家ともすべてが予定通りに進んでいたなら、今頃一華と翠が結婚していた可能性も十分にある。

冷静になればとんでもない話だが、ただ、家同士の目論見など、一華にとってはどうでもいいことだった。

「……で、本題だけど。……私に接触した本当の目的は？」

一華がもっとも気になっていたのは、まさにそれに尽きる。

翠は一華をたまたま知ったと言っていたが、今となっては、それをそのまま信じるわけにはいかなかった。

しかし、翠はさっきまでの動揺などすでに綺麗に消し飛ばし、意味深な笑みを浮かべる。

そして。

「別に、懐かしかっただけだよ」

返された答えは、予想のどれとも違っていた。

「懐かしい？」

「やっぱ覚えてないか。俺ら、小さい頃はよく一緒に遊んでたんだよ」

「……会ったことがあるんじゃないかとは思ってたけど、……私は覚えてない」

「まぁ俺は二つ上だから、結構しっかり覚えててさ。……で、そんな一華ちゃんが東京でカウンセラーをやってるって知ったとき、最適な相棒を見つけたって思って近付いたの。すでに素性やら能力やらを全部知ってるぶん、戦力になることはわかりきってたしね」

「……でも、どうして自分の素性を隠したの」

「そりゃ、カウンセラーになって幻覚説唱えてるくらいだから、自分の血筋を嫌ってるんだろうなって思って。まあ、下の名前を名乗ってもまったく気付かれなかったことは、さすがにショックだったけど。……ともかく、そんな一華ちゃんに二条院の長男だなんて名乗ったら、俺の話なんて聞いてくれなかったでしょ？」

「…………」

確かにその通りだと、一華は思う。

ただ、だとしても、騙されたことには納得がいかなかった。

しかし、翠はすでにすっかり開き直っていて、余裕の笑みを浮かべる。——そして。

「ま、バレちゃったことだし、昔みたいに一華って呼んでいい？」

逆に感心する程、空気の読めない発言をした。

「……いいわけないでしょ。こっちはぜんっ、ぜん、覚えてないんだから」

「そこまで強調しなくても」

「ほんと、腹立つ」

「そんなに怒ること？　素性はどうあれ互いの目的に変わりはないんだし、別によくない？」

「結果じゃなく、心情の問題なのよ」

「でも俺、純粋に嬉しかったよ。また会えたこと」

「…………」

「いや、嘘じゃないって」

一華はどこまでも不真面目な翠を睨みつける。

ただ、――実はその陰で、遠い昔の記憶をこっそりと頭に浮かべていた。

――本当は、まったく覚えていないという言葉は事実ではない。

一華には、母との電話の後に唐突に蘇ってきた、翠との思い出がひとつある。

それは、ずっと昔の、断片的でおぼろげな記憶。

「――一華。俺を信じて」

そう言って繋がれた手から伝わってきた、かすかな震えと柔らかい体温。

気丈に守ろうとしてくれる幼い横顔と、それを見上げて覚えた心の高鳴り。

どうして忘れることができたのだろう、――初めて好きになった相手だったのに、と。

一華は相変わらず不真面目に笑う翠を前に、絶対に明かすつもりのない秘密を大切に胸に仕舞い込んだ。

この作品は文春文庫のために書き下ろされたものです。

DTP制作　エヴリ・シンク

文春文庫

その霊《れい》、幻覚《げんかく》です。
視《み》える臨床心理士《りんしょうしんりし》・泉宮一華《いずみやいちか》の嘘《うそ》

定価はカバーに
表示してあります

2023年7月10日　第1刷

著　者　竹《たけ》村《むら》優《ゆ》希《き》
発行者　大沼貴之
発行所　株式会社　文藝春秋

東京都千代田区紀尾井町 3-23　〒102-8008
T E L　03・3265・1211㈹
文藝春秋ホームページ　http://www.bunshun.co.jp

落丁、乱丁本は、お手数ですが小社製作部宛お送り下さい。送料小社負担でお取替致します。

印刷・萩原印刷　製本・加藤製本
Printed in Japan
ISBN978-4-16-792064-7

（　）内は解説者。品切の節はご容赦下さい。

額賀　澪
屋上のウインドノーツ
引っ込み思案の志音は、屋上で吹奏楽部の部長・大志と出会い、人と共に演奏する喜びを知る。目指すは「東日本大会」出場！圧倒的熱さで駆け抜ける物語。松本清張賞受賞作。（オザワ部長）
ぬ-2-1

額賀　澪
さよならクリームソーダ
美大合格を機に上京した友親に、やさしく接する先輩・若菜。しかし、二人はそれぞれに問題を抱えており――。少年から青年に変わっていく、痛くも瑞々しい青春の日々。（川﨑昌平）
ぬ-2-2

乃南アサ
六月の雪
三十二歳独身、声優になる夢に破れ、祖母の生まれ故郷の台湾・台南市を訪ねた未來は、その旅の中で台湾の人々が生きてきた戦中戦後の過酷な時代の傷跡を知る。（川本三郎）
の-7-12

野村美月
三途の川のおらんだ書房
迷える亡者と極楽への本棚
「人生最後にして最上の一冊選びます」。三途の川べりにある書店の店主は、未練を抱える死者たちに優しく寄り添い成仏へと導く本を探すが――。本好きに贈るビブリオ・ファンタジー。
の-23-1

野村美月
三途の川のおらんだ書房
転生する死者とあやかしの恋
三途の川のほとりにある〈おらんだ書房〉に、ある日突然、鬼を左右に従えた怪しい老人が現れた。この老人は一体何者なのか？「文学少女」シリーズの著者による、最新の書き下ろし。
の-23-2

林　真理子
最終便に間に合えば
新進のフラワーデザイナーとして訪れた旅先で、7年ぶりに再会した昔の男。冷めた大人の孤独と狡猾さがお互いを探り合う会話に満ちた、直木賞受賞作を含むあざやかな傑作短編集。
は-3-38

林　真理子
最高のオバハン
中島ハルコの恋愛相談室
中島ハルコ、52歳。金持ちなのにドケチで口の悪さは天下一品。嫌われても仕方がないほど自分勝手な性格なのに、なぜか悩み事を抱えた人間が寄ってくる。痛快エンタテインメント！
は-3-51

女ともだち
村山由佳・坂井希久子・千早　茜・大崎　梢
額賀　澪・阿川佐和子・嶋津　輝・森　絵都

人気女性作家8人が「女ともだち」をテーマに豪華競作！「彼女」は敵か味方か？　微妙であやうい女性同士の関係を小説の名手たちが描き出す、コワくて切なくて愛しい短編小説集。

む-13-51

コンビニ人間
村田沙耶香

コンビニバイト歴十八年の古倉恵子。夢の中でもレジを打ち、誰よりも大きくお客様に声をかける。ある日、婚活目的の男性がやってきて——話題沸騰の芥川賞受賞作。（中村文則）

む-16-1

カラフル
森　絵都

生前の罪により僕の魂は輪廻サイクルから外されたが、天使業界の抽選に当たり再挑戦のチャンスを得る。それは自殺を図った少年の体へのホームステイから始まって……。（阿川佐和子）

も-20-1

風に舞いあがるビニールシート
森　絵都

自分だけの価値観を守り、お金よりも大切な何かのために懸命に生きる人々を描いた、著者ならではの短編小説集。あたたかくて力強い6篇を収める。第一三五回直木賞受賞作。（藤田香織）

も-20-3

満月珈琲店の星詠み
望月麻衣　画・桜田千尋

満月の夜にだけ開店する不思議な珈琲店。そこでは猫のマスターと店員たちが、極上のスイーツと香り高い珈琲、そして運命を占う「星詠み」で、日常に疲れた人たちを優しくもてなす。

も-29-21

満月珈琲店の星詠み～本当の願いごと～
望月麻衣　画・桜田千尋

家族、結婚、仕事…悩める人々の前に現れる満月珈琲店。三毛猫のマスターと星遣いの店員は極上のメニューと占星術で迷える人を導く。美しいイラストに着想を得た書き下ろし第2弾。

も-29-22

熱帯
森見登美彦

どうしても「読み終えられない本」がある。結末を求めて悶えるメンバーは東奔西走。世紀の謎はついに……。全国の10代が熱狂、第6回高校生直木賞を射止めた冠絶孤高の傑作。

も-33-1